实力派

晓秋 主编

中短篇小说集

在希望的田野上

杨小凡◎著

中国言实出版社

图书在版编目（CIP）数据

在希望的田野上 / 杨小凡著. -- 北京：中国言实出版社，2022.12

（实力派 / 晓秋主编）

ISBN 978-7-5171-4093-1

Ⅰ.①在… Ⅱ.①杨… Ⅲ.①中篇小说—小说集—中国—当代②短篇小说—小说集—中国—当代 Ⅳ.①I247.7

中国版本图书馆CIP数据核字（2022）第185355号

在希望的田野上

责任编辑：张馨睿

责任校对：宫媛媛

出版发行：中国言实出版社

　地　　址：北京市朝阳区北苑路180号加利大厦5号楼105室

　邮　　编：100101

　编辑部：北京市海淀区花园路6号院B座6层

　邮　　编：100088

　电　　话：010-64924853（总编室）　010-64924716（发行部）

　网　　址：www.zgyscbs.cn　　电子邮箱：zgyscbs@263.net

经　　销：新华书店

印　　刷：北京温林源印刷有限公司

版　　次：2023年1月第1版　　2023年1月第1次印刷

规　　格：880毫米×1230毫米　　1/32　　7.5印张

字　　数：160千字

定　　价：68.00元

书　　号：ISBN 978-7-5171-4093-1

目 录
CONTENTS

重　圆

大哥离开我们的时间是他自己定的。

现在，坐在他的灵堂前，觉得一切仿佛都是自有安排，无可逃脱。

腊月二十九，我从省城回到故乡。本是不想回来的，患肺癌四年的大哥从病房里给我打了电话：三，回来过年吧。我年后就要走了！

他的声音已有些沙哑，但底气还是挺足的。我强装着笑说，大哥，你别瞎说，你这病没事的，现在医疗水平多发达！

灯里剩多少油，我清楚，不想再熬了。明天我就出院，在家里过了年，过了生日，我就心满意足了！大哥很平静，似乎还有些兴奋地对我说。

我说，你别出院，我明天就回去！年三十那天，我们弟兄几个到医院陪你过年。

腊月二十九，我赶到家的时候，大哥已经回到了乡下的家里。我埋怨四弟和侄子为什么让大哥出院。四弟委屈地说，你还不了解大哥吗？他这么一个明白人，我们能拦得住吗？

说得也是，我们家弟兄六人，加上我上面的一个姐姐，孩子七个，一直都听大哥的。他是老大，高中毕业回乡后他就成了母亲的助手，成为这个家的主心骨。我们从心眼里是敬他，也是怕他的。

年三十那天，大哥的气色突然好起来，满面红光的。他自己剃了胡子，换了衣服，指挥着贴春联。春联贴好后，又与我们一起到村北的祖坟去祭祖。他走路很吃力了，但还是坚持自己慢慢走。路上，他指着赵家那片坟地给我说：三啊，赵家人也不少，说散都散了。人这一生啊，真是做梦一样。

中午吃饭，大哥执意要喝酒。在医院都不能顺利进食了，我们当然不让他喝。但他却坚决地拿起酒瓶，给九十二岁的老父亲和自己倒了一杯，然后，吩咐侄子给我们弟兄几个全满上。他先带着我们给父亲敬了一杯，然后，给我们五个弟弟每人也碰了一杯。当然，他只能象征性地喝一点点。我们弟兄一边笑着敬他酒，一边说着宽心的话，气氛热烈乐呵，但每滴酒都那么苦涩和难咽。都知道，这是我们与大哥在一起的最后一顿年酒了。

正月初五早上，大哥像泄了气的皮球一样，人就躺在了床上。他的脸颊热红，说几句话就得吐口痰。但他却不想停下来说话，我和四弟、侄子陪在他的床前，听他说以前的老事儿。为了让他少说话，每当他刚开了头，我们就接着他的话回忆，只是在不对的地方，他才开口纠正。一个话题完了，他会再提一个话题，他心里好像有说不完的话。我们为了让他休息，就借口打电话或者有事，离开他，让他安静会。我知道，他真的快要走了。这情形与我母亲离世前一模一样，人离世前对过往的留恋是一种本能反应。

初六早上，大哥喝了小半碗稀饭，又做了雾化，气色显得不错。他又开始给我们说 1960 年他差点没饿死的旧事。刚说一会儿，他的手机突然响了。他显得很兴奋，从枕头边拿起手机，摁下接听键，电话里一个年轻人的声音传出来：爷，听说您回家了，我一会去看您！

啊，根生啊！你别来了，咱村子都封了，进不来出不去的。我好好的，没事。他怕声音小，说话尽量用着力气，声音也更加沙哑了。

根生？根生是谁啊！我有些不解地看着大哥和四弟。我从来没听说过，这个叫根生的跟大哥有什么关系。

根生的声音又响起来：那我夜里去，就说是送口罩的！

大哥放下手机，看我一脸疑惑，就指着侄子说：儿啊，你办了件好事！

我更加不解了。就问，根生是谁？

大哥笑着说，是赵三胖卖掉的那个儿子！

啊！是赵三胖的儿子？你们是怎么联系上的？这些事儿，怎么从来没人给我说过。

大哥有些遗憾地说，你从考上学，哪在家待过？老家里这三四十年的事，你咋能知道。

赵三胖的家在村子最西头。他比我大一岁，小时候，他和四弟像跟屁虫一样跟在我后面玩，我们三个是村子里玩得最好的。只可惜，从 1985 年到现在，我再也没有见过他。关于他的传说是听过一些，我也多次打听过他的下落，但是，他留给我的印象还是停留在我十八岁以前对于他的记忆。

其实，赵三胖很瘦，正是因为瘦，他娘才给他起了"三胖"的名字，希望他能长胖点。他前面有两个姐姐和两个哥哥，他在男孩里排行老三，村里人都喊他"三胖"。他家是我们村里唯一的外姓，据老人说，他爷爷那辈才从黄河北逃荒过来的。我们小的时候，家家都很穷，春天连肚子都吃不饱。他爹脾气很大，动不动就打他们姊妹几个。发起火来，近了，朝脸上抽、用脚踹；远了，捡起什么就用什么砸。三胖脸上身上常常被打得青一块紫一块的。每次挨打后，他都吓得不敢回家，跑到我们家里，有时就在我们家里吃住。

我母亲看到三胖在我们家不走，就知道他又挨打了。她就领着三胖，骂骂咧咧地向村西头走去。他家低我们一辈，他爹叫我母亲婶子。我母亲总是叫着他爹的名骂：赵胜，你个孬种，打孩子有啥本事！有志气你别生养这么多啊！这时候，三胖他爹就赔着笑说，老婶子别生气，这孩子属猴的，三天不打就上墙！

三胖六岁那年的春天，得了一场大病，差点儿没死。村里人都说他被吓破了胆，先是不停地拉肚子，后是发高烧，再后来吃什么都吐。他本来就瘦，这样折腾一个月，刚能出门的时候，走路都扶墙。我们在一起玩时，他老是坐在地上，或者倚在树上，两个眼珠木刻的一样，每转动一下都很费劲。

他被吓着那天，我也在场，也被吓得不轻，我们两个一起跑到了村外。那是打春不久的一天，天气还很冷，我与三胖一起在村里麦垛边玩了一会，就决定去生产队里盛喂牛草的那个大屋里暖和暖和。我俩刚走到屋门前，就见三个戴着高帽子、花花绿绿的纸人出来了。纸人的脸被画得黑一块红一块绿一块紫一块，血红的舌头伸出来老长，脖子上都吊着打有红叉叉的纸牌子。纸人比人高大，我俩没看到后面的人，认为这就是大人说的鬼。

半年后，三胖的病好了。从此，也胖了起来，人像是气吹的一样，一天一个样。村里人都不明白，他咋就胖起来了呢？现在，我想，他如果不是因为那次得病后胖起来，他的命运也根本不是后来的样子。

侄子见我一脸的不解，就对着我说，二叔啊，要说我碰到根生这事啊，比小说还小说，似乎一切都是命中注定的一样。

接着，他讲起了根生的事儿。

侄子是我们这药都市的律师协会会长。谁家遇到官司，请到他去打，即使输了，也不再觉得冤屈。

七年前的一个秋天，他的大成律师事务所里，突然来了一个年轻的女人。这女人约莫二十六七岁的样子，人长得还算漂亮，但脸上却写满了冤屈和不平。侄子接待了她。但听她说是一桩因丈夫打伤人入狱的案子，就委婉地拒绝了。现在，他只接经济案子，刑事案都推给其他的律师。这个女人当时就哭了，她说丈夫一审被判六年是冤枉的，明明是对方想抢占他们的家产，丈夫只是出于气愤，一时失手打伤对方，咋能判这么重呢？

侄子说，做律师时间长了，从事主的表情上就能判断出是不是有冤情。他从这个女人的言行上判断，应该是有些冤屈的。于是，就让她细致地先讲一下案情。

女人说，她丈夫叫锁根生，1985年出生，是公公家收养的儿子。她公公叫锁明全，和婆婆一辈子没有生育。根生四岁的时候经人介绍被公公收养。公公家是卖中草药的，开了一家叫"福满堂中草药贸易公司"，生意不算好也不算差，至于现在家底有多少，她也不太清楚。三年前，她经人介绍认识了锁根生，一年后两人就结婚了，第二年生了个儿子。儿子出生七个月时，公公锁明全因心梗去世了。

公公有个哥哥，早年去世，他的儿子叫锁兴光。按辈分说，这个锁兴光与锁根生是堂兄弟。公公的丧事办完的当天下午，锁兴光就来她家里骂，说锁根生是野种，霸占了他们锁家的钱财。他是想贪占公公留下的家产，锁根生肯定不愿意，两个人就对骂起来。骂着骂着，动起手来。锁根生一拳打在了锁兴光耳门上，他就倒在地上，躺着装死。警察来了，立了案，经过鉴定，说锁兴光被打成耳聋和轻微脑震荡。锁兴光的一个亲戚在法院里，他肯定是做了手脚，一拳怎么就能打成耳聋呢。一审，重伤害罪判了六年，外加经济赔偿 44.6 万元。

侄子说，那天他听过案情后，竟立即决定接下这个案子。按说，对于律师而言，要动感情是很难的，这案子也完全可以交给手下的律师去办，但那天他鬼使神差一样决定亲自办这个案子。

侄子说，在监狱会见室里，他看到锁根生的第一眼，就觉得这人面熟。他详细听过锁根生的陈述后，就开始问一些细节。

你知道自己是锁家收养吗？

知道。

你什么时候知道的？你来锁家时有记忆吗？

我是在十二岁时才听邻居说的，他们说我是四岁时被养父买过来的。

你听说过是从哪里买过来的吗？

我听说出生地是离城西四十里的一个村子。十六岁那年开始，我偷偷地到城西四十里那一带村庄打听过，但没有任何消息。

后来为什么不再找了？

我一直在找啊！但没有任何消息。

当你听说自己是被生父卖掉的，你还找他干什么呢？难道你不恨他吗?

开始恨,后来我就不恨了。

为什么不恨了?

后来想明白了,为什么要恨他呢?如果他不把我卖到养父这儿,我能过上今天这样有钱的日子吗?!

那你找他,是想感谢他?

我就是想知道,当初他遇到了什么难事,舍得把我卖了?他现在过得怎么样。

侄子说,在问话时,他看到了锁根生右嘴角有个黑痦子,加上年龄的巧合,以及似曾相识的神态,他初步判断这个锁根生应该是赵三胖卖掉的儿子小伟。

侄子比锁根生大四岁,根生四岁还叫小伟时,同在一个村,还抱过他。尤其是,他右嘴角的痦子,侄子是有记忆的。

会见结束时,侄子对锁根生说,我会帮你上诉的。减刑后在里面好好改造,争取早日出来。出来后跟我联系,也许我能帮你找到亲生父亲!

锁根生愣一下,突然跪下来给侄子磕了一个响头。

侄子对我说,当时我觉得这孩子不是坏人。我想圆他一个梦。

大哥安静地睡了有一个多小时,醒来的时候又不停地咳。几口黏痰吐出来后，侄子和四弟又给他做了一会儿雾化，他脸上的红潮才褪去一些。

他看着我和四弟说，赵三胖这孩子啊，也是命中注定的。命这东西真是说不清的。从大哥的话中，我判断刚才他应该是没有真正睡着，侄子跟我们的谈话他是听到了。

侄子不想再让大哥多说话，就岔开话题问我：二叔，你说三胖当初咋能卖孩子呢？

我看了看大哥和四弟，就说，我也说不清，可能当时他太需要钱了吧。

四弟点上一支烟，摇了摇头说，我后来问过三胖，他不承认是卖！

应该说，四弟与三胖在一块儿的时间最长，他们一起拜孙大炮为师学武术，有四年时间形影不离。他们一起打对把，互相间更了解，包括三胖娶的媳妇芝兰，都曾是孙大炮的徒弟。

说起三胖和四弟拜孙大炮为师学武，我是知道点的。在这之前，我和三胖一起到芮红脸的戏班学过一年戏。那时，农村刚让唱老戏，芮红脸就搭了个戏班。那年，三胖十岁我九岁，不知道什么原因，家里就送我们去了戏班。

想到这里，我问大哥：大哥，当初我咋去学了半年戏呢？

大哥想了想就说，还不是因为穷啊。进戏班不交钱还管饭，再说了，"要得欢，进戏班"，学成了，还可以走村串户地吃百家饭。

啊，原来是这样啊。我笑着说。

大哥想了想，又吃力地说，还有一层是母亲怕你娶不上媳妇。戏班子里女孩多，说是学戏，我猜想母亲是想让你学戏，将来混一家人。说过，他又笑了一下。

记不清啥原因了，我半年后就从戏班回来了，可能是嗓子不行，只能学丑角，没啥前途。不久，三胖也回来了。三胖回来后，芮红脸来他家找过一次，说三胖是块唱"红脸"的料，将来会出息的。三胖就是不愿意再回戏班。芮红脸走后，三胖的爹赵胜狠狠地打了他一顿，我记得是用青秫秸打的，打得三胖满院子跑。

就是在那年秋天，三胖又开始学武了。这件事，我是记得清楚的。

收完秋，村里村外场光地净了。一天下午，村里来了个耍刀卖艺的拳师。拳师带着四个徒弟，拉着一辆板车，上面装着刀枪剑棒和铺盖行李。一阵铜锣敲过，就在村里大人小孩子围成的圆圈内表演了。

看完表演，三胖就迷上了，从家里端出一大瓢黄豆。他缠着爹非要跟着去学武功不行。他爹赵胜一想，家里少张吃喝的嘴也是好事，就把这个外号孙大炮的拳师请到家里。赵胜是有算计的人，既然要让三胖学武，就得照应好孙大炮。他又从鸡窝里拽出刚歇窝的母鸡，又跑魏岗集上打了二斤散酒，孙子一样地待承着孙大炮。三胖的娘眼底儿浅，心疼那只咯咯嗒嗒叫的老母鸡，她怕填了孙大炮这个坑，连一点儿回头子也见不了。一直到赵胜打酒回来，这只母鸡还没舍得宰。

赵胜一回来，三胖就告状说，俺娘不杀鸡！

赵胜气得涨红着脸，照着三胖娘的屁股就是一脚。女人倒地时，正被在院子里瞅天看云的孙大炮看到。

老哥，这是咋了？

三胖爹嘿嘿嘿地笑，俺也自小爱武术，这不，见到你高人瘾就上来了，练练腿。孙大炮笑了笑，好的拳师是找徒弟的，既然你一家子都喜爱，你这孩子我就收下了！

三胖的爹一听这话，想踢个弹腿，让孙大炮高兴。可一抬腿，竟摔了个四脚仰天。

那天晚上，我母亲也动了心。她也想把四弟送给孙大炮当徒弟，就让我父亲拿着家里仅剩的十几块钱，领着四弟来到三胖他家。

第三天，三胖和四弟就随孙大炮，浪迹天涯，习练拳术去了。三胖他爹可是高兴坏了，这下好了，这下好了，一天家里又少吃九个馍，少喝三碗汤，过几年之后兴许还能自己领回来了个俊媳妇呢。对于三胖他爹来说，这确实是一个最划算的买卖了。

我母亲却说，学点武艺好。别说行走江湖吃香喝辣的了，胳膊腿练强壮了，长大了总不会吃亏吧。

现在来看，我的母亲还是有远见的。当她知道她娘家有个远门侄子考上大学，就要求我发愤读书。只有读书，将来考上了大学，离开这黄土地才能有出息。

后来，我就到魏岗中学读初中。那时，初中都住校，一个星期才回来一次。也就是从此，我对三胖和四弟学武的事就不太清楚了。

这时，我问四弟：说说三胖你俩一起学武的事吧。

四弟叹了口气，又点上一支烟，才说，许多事真是弄不清，怎么走着走着就变道了。

于是，他说起了三胖学武后的事。

三胖十五岁那年，和四弟一起跟着师父孙大炮在城父镇教场子。在那里，他结识了一个也喜欢武术的小女孩——芝兰。芝兰天天跟着三胖看他演练，一连半个月。后来，芝兰也进了场子学武，成了孙大炮的徒弟。

半年后，三胖的父亲赵胜突然去世，他被叫回了家里。一个月后，他的母亲也离世了。十五岁的三胖面对如此变故，像被抽去了脊梁骨一样，蔫在家里，一动都不想动。

临近春节了，三胖突然想起芝兰的那对水汪眼，而且再也不能不去想她。

天不亮，他就朝芝兰的家乡——城父镇，奔去。芝兰也是不停地想着三胖，想得心一扎一扎地疼。见三胖来找自己，立即跟着三胖走了，他们回到我们村。住在家里一间偏房里，这一年他们俩都刚过十六岁。一年后，生个儿子叫小伟。两个大孩子加一个小孩组成的家，其困难是可想而知的，打打吵吵的事时有发生。

小伟一岁多时，一个常来村里修收音机的人勾搭上了芝兰。穷人家的女人好上钩，小伟过完两岁生日的第二天，芝兰突然不见了。三胖抱着小伟，找啊找，一找就是一年多。

芝兰就像大海里的一朵浪花，一会儿在三胖眼前浮现，一会儿又溶入大海，三胖看所有的女人都是芝兰，可最终连芝兰的一点消息也没听说过，更没有找到她。

十八岁的三胖带着两岁多的儿子，一大一小两个人，其凄苦是可以想见的。

再深的亲情，也容易被这样的日子磨钝。

后来，三胖听魏岗集上大老苗的话，把儿子送给了一个做药材生意的人家。说是送，其实是收了人家八百元钱的。三胖后来才觉得，儿子是被自己卖了。他把拿到的八百元钱放在黑提包里，按了又按，拉上拉锁，挂在借来的自行车的车把上。他心里很难受，突然想到要抽支烟，在这之前他是没有抽过烟的，他认定抽支烟自己心里肯定要好受些。于是，他立即拉开黑提包的拉锁，抽出一张票子，就去路边的商店买烟。

当他买烟转身回来的时候，车子被人推走了。转眼间，没了孩子也没了钱。

三胖回到村里，气恼得要死。四弟这时也不再学武了，快到了说媳妇的年龄，被母亲叫了回来。他知道三胖的事后，劝过他几次。但是，这劝是不顶用的。

三胖一直气恼不已。人一气恼，总是要找个发泄的地方。三胖想不出如何把心里的怨气发泄出来，就把头向住的那间房的土墙上撞。一次一次，一天一天，撞，不停地撞，时间长了，头上竟有功夫了。有一次，他喝酒后不想活了，拿酒瓶向头上砸，酒瓶竟一下子粉碎了，但他的头却丝毫未伤。三胖愣了半天，突然大笑起来，自己想撞死都找不到硬东西了，因为他有了铁头功。

三胖觉得唯一能让自己生存下来的办法，就是出去走街串村地卖艺了。

于是，他来到了河南的汝南县。当他来到刘老家这个村子卖艺时，被一个丈夫触电而死的寡妇看中。寡妇要看中的男人，可是跑都难跑掉，何况，三胖也是一个孤人呢，俩人说结婚就合床了。

又一年，他们生了个女儿，加上这女人前夫留下的儿子，三胖觉得很满足，也很幸福，突然间竟儿女双全了，这是他做梦都没有想到的好事儿。

三胖这个媳妇的二哥是派出所所长，见三胖有一身武功，觉得与坷垃为伍是有些白瞎他这个人了，就让他到派出所当临时民警。

四弟说到这里，用力吸了一口烟，然后说，这人一生向前走的路真是没个定性，有时走着走着，冷不丁地就岔道了。

可不是吗，三胖因祸得福成了警察，这连他自己也是没有想过的。只可惜啊，捣蒜杵顶不住大水缸。三胖生来不是庙里的神，受不了那香火。

这一切都是命啊！

四弟说话时，大哥其实并没有睡着。他动了动身子，向我们摆了摆手，然后有些吃力地说，唉，这些天我想明白了，啥叫命啊？人的命还是人作主，只不过，有的是自己能作主，大多数人的命都是别人在给你作主呢。

听了大哥的感叹，我觉得他下面肯定还有许多话要说。一个快要走的人能说这话，说明是有一些事真正触动了他。

于是，我就问大哥。大哥，难道赵三胖的命运是别人摆弄的？

大哥停了好一大会儿，才开口。我以为他没有了说话力气，其实不然，从他接下来说话的神态和语气，他是在想到底该不该说。

大哥长叹一口气，终于开口了：都是要走的人了，还是说了吧，说了也不妨了。三胖这孩子，毁在大老苗手上！

啊！大老苗？我正在惊异的时候，大哥又长出一口气，接着说，他也得了报应！离地三尺有神灵啊，阎王不会放过恶人的。

侄子年龄小，没听说过大老苗。我和四弟对大老苗是了解一些的。

大老苗住在魏岗集西头，年轻时当过土匪，解放军到药都城时他投了诚。跟着大部队说是去过长江，后来自己回来了。他说得了病，被部队退回来的。究竟是什么情况也没有人弄得清。但他很会来事，一次一次运动竟没有真正牵连过他。

他是有媳妇的，是个外地口音的女人，也不知道是哪里人。他们一辈子生养不出孩子，就两个人过着。我六七岁的时候，到魏岗去赶集，常见他腰后面插杆两尺长的枣木秤，在鸡鸭行里转。他一直是鸡行里的经纪人，人们背后都叫他吃秤杆的人。买家和卖家拉好价钱，他用秤杆子一撅，你就得给他几分行钱。

这个人脸很长，有点像马脸，整天黑着脸，眼珠子骨碌碌地转着。别说我们小孩子了，就是来赶集的大人们，也怵他几分。

四弟说，十一二年前这个大老苗才死。

我们讨论了一会大老苗的事，四弟突然问大哥：大哥，那年，三胖回村，你为啥没给他说？

大哥想了想，摇摇头，叹着气说：不能说啊，木已成舟的事了，说了也晚了。再说，真说了可能会出人命的！

接着，四弟给我讲了十三年前，赵三胖夜里回到村里的事儿。

那天夜里，四弟并没见三胖，他正在城里干着一个小工程。三胖回来的事，是大哥后来给他讲的。现在，大哥说话困难，四弟是有意接过大哥的话茬。

他说，那年刚入腊月没几天，就冷得出奇，村西边的沟里开始上薄皮冻了。

大哥那天正好没去城里打工，天刚黑就坐在屋里看电视了。新闻联播后面的天气预报还没放完，他就听到院里的黑狗一声急一声地叫。大哥出了屋门，就着屋里散出的灯光，吵着黑狗，走到大门前。这时，他听到两下重重的敲门声，就大声问：谁？

叔，是我！

大哥听着声音不太像本地人，就警惕地又问：你是谁？

我是赵三胖啊！你听不出来我的声音了？

大哥迟疑了一下。三胖？他都快二十年没归家了！他妈的，你到底是什么人？

叔，我真的是三胖啊！不信，你拉开门缝看看。

大哥折回头，把屋檐下的灯拉亮，才小心地把门开个缝。他一看这人模样，还真有点像赵三胖。于是，又大声说：真的是三胖啊？你他妈不会是鬼吧？

赵三胖进了院子，大哥才真正断定这人就是三胖。只是，他没有以前胖了，头秃顶了，在灯光下反着光，衣裳穿得还是干干净净的。他本来下巴就向前伸，现在向前托得更长了，两个腮上竟长出几道很深的龟裂纹。看这脸相，估计这些年在外面没少遭罪啊。

三胖进屋后，从怀里掏出两瓶古井酒放在桌子上。然后，又掏出烟，给大哥敬了一支，而且坚持着给点着。

那天晚上，大嫂到城里看孙子去了，家里就只有他们两个人。大哥，拉开煤球炉子，炒了盘花生米，又炒了盘鸡蛋花。他们两个就喝了起来。

没喝几杯，三胖哭了。哭过之后，他就头上一句、脚上一句地讲他那些年经历的事。

他说，在汝南县一个派出所当治安队员一年半的光景，出了条人命。有天夜里，他与其他两个队员去乡下抓赌博的，抓到派出所审问时，那人横着眼就是不吭声。他当时也是年轻，又不懂得审讯的规矩，火气上来了，一巴掌打在了那个人的耳门上，谁知一个大人竟这么不经打，就一巴掌下去，那人就口吐白沫，死了。他当即就溜出派出所，跑了。

他跑了两天，就到了陕西潼关一个金矿里去干活。他是在矿洞里打风钻，这活根本不是人干的。打个十来分钟，白矿粉起的雾，让人和人离三尺多远都看不到对方；从矿洞出来，用力一擤，鼻子里能出来两坨圆柱，鼻子早就被完全堵住了，只能用嘴呼吸。

干了有半年，与他一起打钻的河南柘城人发现了一块明金矿石。他们两个起了贪心，第二天就悄悄地从矿里跑出来，在外面卖了两万三千块钱。他要了一万，那人拿了一万三，两个人约好从此不再联系，天各一方。

那时的一万块钱算钱啊，他本来想继续向北走，找一个小城市落脚做个小生意。但是，毕竟出了人命，又怕河南那边公安追过来，就想到山西去挖煤。煤矿上哪里的人都有，不容易被查到的。没想到，他在车站被人骗了，被带到一个黑窑场拉砖坯。

进了窑场就被搜身，身上的一万块钱被收走。赵三胖肯定不愿意啊，这时，老板就指挥着四个人把三胖给绑了起来，先是饿了三天，然后就审讯，非问他钱是哪来的？三胖一口咬定，是捡来的。他被打了个半死，老板先是说要把他送到公安局去，后来又让他拉砖坯。

三胖说，那些天他的肠子都悔青了，不仅丢了钱，还挨打，出苦力。那感觉真是死的心都有了。他为了逃出这个地方，只能装得老老实实地干活，以便寻找机会。一个月后的一天晚上，他见这些劳工的三个人喝多了，就凭着身上的功夫把看门的一个人打倒，逃了出来。

逃出来后，他打零工挣点饭钱和路费，向东走。钱没有了，再到建筑工地上干一个月，挣点钱，继续向东走。在泰安时，他听说到威海捞海带活轻，也挣钱。尤其是，整日在海上漂，不担心被人认出来。他就搭上车到了威海。

那天晚上，三胖边喝酒边给大哥说，这世界上根本就没有农村人干的好活，捞海带这活更是要命。海上的风咸，活也重，整天身上都是汗，一天干下来得喝十斤水。再说了，咱在平地上长大的旱鸭子，晕水也晕船，成天吐，心里吓得缩成一疙瘩。干了一年多才算适应。

第二年刚入秋，出船了，风太大，竟翻了船，淹死两个四川蛮子。我吓得要了工钱，离开了威海。后来，又到了张家口，混来混去，在一个小区看大门了。唉，不说了。三胖说到这里时，连喝了三杯。

大哥说看大门不是挺好吗，风吹不着，雨打不住的。

三胖却说，好得很呢，俺也不知道咋跟这小区的一个寡妇挂拉上了。女人啊，真是男人的对头，要男人的命。

说到这里，他就不愿意再说下去了。大哥知道他在外面的事不可细问，但是，突然回来的原因，肯定是要问的。

三胖只说那边出了点事，他也想家了，就偷着回来看看，天不亮就得走。

大哥听他这样说，估计着可能又遇到了一些麻烦，就追问，你这次到底是为啥回来？

三胖想了想，终于开口了。

他说，叔啊，你侄子这次偷跑回来，本来是想找大老苗算账的，现在又改想法了。我这些年啊，想来想去，芝兰是大老苗给勾搭走的，小伟也是他哄着送人的。他妈的，我这一辈子就是他祸害的。可我没有真凭实据，再说了，也是自己当年年轻脑子发热，现在一身事，再杀了他不更麻烦吗！

大哥听三胖说这些，知道这时只能劝了。本来，大哥还想把大老苗一次酒后说漏嘴的话告诉三胖，现在看是不能再说了。就劝他说，人啊，多一事不如少一事，你千万不能再冲动了，往后还有不少日子呢。

他们又喝了几杯酒，大哥说，你咋不回你家？你大哥、二哥都在村里呢。

三胖冷笑了一下，然后说，刚才俺在西头转了转，他们以前都不管我，我现在这样子回去，有意思吗？我从小就在你家玩，受你和俺奶的照应，心里比跟他们亲。对了，我回来的事，你不要对任何人说，谁知道我回来，都不好！

大哥他们俩，都喝得有些晕了。

大哥就问三胖，这些年你没想再找小伟和芝兰吗？

三胖苦笑着说，我有啥脸啊，这次回来可能是最后一次回咱村了。我一会儿就得走。

走？夜里走啥！大哥不让他走。

三胖站起身来，说，叔，我真得走了，天快亮了。你也别拦我，咱爷儿俩喝了这场酒，把我这些年的大概说了，心里好受多了。你放心，我没做啥丧良心的事。

大哥见拦不住他，就把身上的几百元钱掏给了他。

三胖推辞一会儿，最终还是收了。临出门时，他又跪下给大哥磕了个头。大哥把他送到村东头，他突然抱着大哥哭着，叔，我把姓也改了，叫卜建伟，一竖一点那个卜。我还回张家口，那边的事如果摆平了，也许我还会回来看您！

说罢，他转身大步走了。

这时，大哥听到三胖边走边唱起了《赵氏孤儿》里面的戏文。

天暗下去了。我走出大哥家的院子，见村街上空无一人，只有几条狗静静地走来走去。由于疫情，人们还没有出门打工，都窝在家里看电视。

我回到大哥的堂屋里，他正咳得厉害。四弟和侄子又给大哥喷了药，才缓和下来。

我在心里埋怨大哥没有听我的话，非要出院回来过年。现在，疫情正紧，医院病房不再接收慢性病人。侄子给大哥的主治医生打电话，还是想去医院，医院说这病就是在医院也没几天了，况且现在医院里进去了几十个新冠肺炎病人，真的是没有必要再来了。

大哥听到给医院沟通的事，也摆手制止。

他说话已经十分吃力了，人瘦得皮贴着骨头，他说现在并不疼，只是咳嗽和喘气困难，坚持不再去医院。

家里其他的人都在院子里或偏房里看电视。我和四弟还有侄子，我们仨陪着大哥。

看着床上的大哥，我们心里也觉得难受和无聊，继续用聊天来打发时间。

侄子说，根生在监狱里三年零两个月就出来了。他出来的第二天，就找到了我，一是表示感谢，更重要的是打听他爹赵三胖的下落。

其实，侄子只是听大哥说过三胖回村里的事，具体情况并不清楚。于是，只好带着根生回到村里找大哥。

根生见到大哥，没开口说话，就先跪在地上磕了三个响头。大哥赶紧把他拉起来，仔仔细细地看了好大一会儿，两眼也湿了。

时间真快，一晃竟二十多年了。当初，这小孩也常在大哥家吃饭，三胖有时出去的时候，就把这孩子放在大哥家里。现在，这孩子都快三十岁了。

那天，大哥问根生为什么要找三胖？恨不恨他？根生流着泪说，他这一辈子最大的愿望就是找到三胖，找到他娘芝兰，让一家人破镜重圆。当他知道自己是被三胖送人的，心里就特别委屈，街坊邻居背后对他指指点点时，他就想一定要找到亲爹娘，问问他们为什么要把他送人。后来，他大了，一些事想开了，如果一直跟着三胖，生活又是什么样子呢？尤其他结婚生孩子后，劝自己原谅三胖。再说了，现在，三胖和芝兰都漂泊在外，连村子都不敢进，他们心里肯定更苦。

大哥明白了根生的本意，但是，也担心他找不到三胖。三胖上次夜里回村时说得很清楚，他没有脸见根生，也没有脸见村里的人。而且，这二十多年经历的事太多，可能还有些不好说的。

但是，见根生态度这么真诚和坚决，大哥就把三胖那天夜里回来的事，一五一十地给他说了。其实，只有三个信息是有用的，那就是：张家口，卜建伟，在小区当门卫。

张家口这么大，那么多小区，何况，又过六七年了，三胖极有可能早不在张家口了。到哪里去找呢！

临别时，大哥对根生说，你有这个心是好事，但未必真能找到。找到找不到也无所谓了，你爹还健健康康地活着，他自己在外面二十多年了，没事的。你到张家口碰碰运气就算了，家里的生意别耽误了。

根生却说一定要找到他。他就是把张家口这个城里的小区一个一个地打听，也要找到他爹的下落。

根生虽然这样说，大哥却不抱希望。

我、四弟和侄子正聊着根生的事，侄子的手机响了。

电话是根生打来的。他已经到魏岗集上了，离村子还有三里多路。

电话是在魏岗集西的疫情检查站打来的，虽然测了体温没有问题，但检查站还是不肯放行。当他打通电话，证实是来看大哥的，才给他放行。疫情期间虽然检查得紧，但对于体温正常、家里有病人的还是放行。

几分钟的时间，根生到了。他停好车，就直接进了院子。

进屋后，我仔细看了看，虽然是第一次见他，那脸膛和神态都像赵三胖年青的时候。尤其，他那向前伸着的下巴，那托板嘴更使他父子像一个模子刻出来的。

他径直走到大哥床前，一把拉着大哥的手，有些激动地说：爷，我才听说您病了！您要放开心，没大事的。您好人有好报！

四弟把大哥扶起来半躺在床头。大哥笑了笑，呼着气说：我能想开，早晚都得走！

大哥想喝水，根生跟大侄争着要喂大哥。他从侄子手里要过来汤勺，舀着碗里的温开水，小心地送到大哥嘴里。

我在旁边看着，心里想，这真是个仁义的孩子。

大哥喝过水，嘴张着断断续续地说着话。话有些含混不清，但个别字眼还是能听明白的。他是在问赵三胖的事。

根生叹了口气，眼皮眨了几下，是怕眼泪落下来。又过了几秒钟，他才说：爷，您还操着心呢！我找到俺爹了，可他犟着不回来。估计您的话，他也许能听。

这时，四弟就说，找到了咋不回来呢？真是的，他从小就是头犟驴。

接着，根生说起了他前年找赵三胖的事儿。

根生说，他到了张家口，整整找了二十七天，一个小区、一个小区地问，最终才找到他的下落。他不在小区当保安了，转到一家养老院看大门去了。那天下午，我来到"幸福里"养老院，到门口，一照面，我就知道他是俺爹。

看见他，我就止不住眼泪了。为了让自己镇定，我赶紧点上一支烟，只抽了两口，我又把烟扔了，快步上前。

他问我来看谁。我说，爹，我是来看您的！

你，你这孩子认错人了！"爹"可不是乱叫的。三胖子根本不认根生。

根生就说，爹，俺老家是亳州赵湾的，我叫赵小伟啊！

我不知道啥亳州，你认错人了。走吧，走吧！

说着，赵三胖走回门卫室里。

根生说，他肯定认出我来了，就是不肯相认。

这时，我觉得好委屈啊，好生生一个家你没守住，娘不知道现在是死是活在哪里，我四岁你就把我送人，为了你我打伤人家坐了三年半的牢，现在找到你，你竟不认。

想到这里，我推门走进门卫室里，突然开口大骂：你是个什么东西，成家了你守不住家，俺娘被你打跑了，儿子被卖掉，你一个人躲着，对谁都不管不问，你配当爹吗？你还是个男人吗？

我一边骂，一边哭。骂完了，双腿一软，扑通，跪在地上，给他磕了三个响头。然后，抱着他的双腿，放声大哭起来。

他浑身抖动着，弯腰抱起我，两个人抱在一起大哭起来。

根生说到这里，眼泪不由得流了出来。

我递给他两张抽纸。他擦了擦眼，掏出烟递给我和四弟。

那天晚上，根生给我们说了许多话。

他说，找到他爹那天晚上，两个人就在门卫室里，坐了一夜。都是他在说，赵三胖在听，偶尔才说几句话。他是不愿意把这些年的经历说出来。问了也支支吾吾地不肯说。

第二天，我怎么求他，让他跟我回来，他就是不答应。给他钱，他也不要。最后，硬给他留下一万块钱。临走的时候，他对我说，汝南县留盆镇官庄有个妹妹，让我去看看过得怎么样。他打死人逃走时，这个妹妹才一岁零五个月。

根生说，我当时心里好受多了。心想着，找到妹妹后，他们兄妹两个再一道来找他，也许，那时他会同意回来的。

我从张家口直接奔汝南县去了。到了官庄，我没敢直接找妹妹，而是在邻村先打听了一下。一问都知道，说安徽来的姓赵的，在派出所伤了人，留下媳妇和女儿跑了。前两年，那个女孩的母亲得病死了。现在，这个女孩二十多岁，在驻马店职业学院上学。

根生打听清了，妹妹叫赵聪。于是，他就立即到了驻马店职业学院，没费多大劲就找到了妹妹赵聪。

赵聪对父亲赵三胖的事，只是听她妈说过，现在突然冒出来个同父异母的哥哥，她怎么也不肯相认。这可难坏了根生。实在没有办法，他又折回头来到张家口，他想让赵三胖跟他一道去认妹妹。

赵三胖现在知道，当初被打的那人后来又活过来了，毕竟成了脑震荡，两年后就去世了。他还是担心案底还在。根生就用手机录了三胖的像，让他给妹妹说清事情的缘由。根生再次回到驻马店职业学院，找到赵聪。她看了父亲赵三胖的录像，听了三胖的解释，仍然不肯相信。后来，根生又去了两次，最终在半年后，他和赵聪做了亲子鉴定，她才接受根生。

根生说，他们相认后就立即去了张家口。但是，他爹赵三胖仍然不愿意回亳州。赵聪的母亲也去世了，家里没有啥亲人，赵聪毕业后就来到亳州，在根生的药厂里帮忙。

说到这里，根生心情变得很好，他毕竟找到了妹妹。但是，让他不解的是，赵三胖为啥就不肯回来呢？

他说，他现在最想做的就是能再找到他亲娘芝兰。

那天他与赵三胖第一次见时，快天亮的时候，赵三胖含糊地说到他娘。现在，他是应该知道她的下落的，但他就是不肯说。

这一直是根生心里的疙瘩。这个疙瘩只有赵三胖才能真正解开。

那天晚上，我们聊到最后，根生说，这一辈子的愿望就是亲人团圆。

快十二点了，根生要走，说药厂正在加班生产着口罩，活紧，得盯着。

他走后，四弟说，这孩子有这股劲，兴许他们家能团圆的。

我心里想，团圆也许不那么重要。人生中的重圆只是短暂的，大哥不是马上就要与我们离别吗？

四弟没想那么多，他说，现在就差芝兰的下落了。何况，赵三胖也许真的知道详情。

侄子和我的看法一致。他从律师的角度分析，赵三胖为啥改姓卜？这里面一定还有故事。他在张家口跟那个女人的关系，我们也都说不清。这离重圆还隔着不少层呢。

大哥最终还是圆了自己的心愿。正月十五那天，他过完自己第六十七个生日，第二天早上就平静地走了。有时，人的意志力真的是不可估量的。初十那天，我就觉得大哥可能过不去了，可是，他硬是一天只靠两汤勺水，撑过了十五。

大哥出殡那天，根生和他的妹妹赵聪都来了。

棺材入土时，根生跪在地上抽泣着，拉不起来。送葬的人都不认识根生，就窃窃地议论，这是哪个亲戚，跟我大哥咋这么亲啊！

后来，听说是赵三胖的儿子赵小伟，人们都很吃惊和感叹。

这孩子，也许是为自己哭呢！

那天，根生与赵三胖的大哥，他的大伯相认了。赵三胖的二哥在外地打工时，受伤去世了。但让我没有想到的是，根生跟他大伯只是礼节性地相认，并没多说几句话。

他心里到底想的什么？这也是亲人啊，不也是团圆吗？

后来，我与四弟聊到此事时，四弟说，这孩子哑巴吃饺子——心里有数，他知道亲疏。当初，如果他大伯肯帮帮赵三胖，他们家也许就散不了！

看来，根生要想在心里与亲人重圆，也是不易的。

某日的下午茶

深秋的一天下午，具体哪一天记不太清楚了，暂且叫作某日吧。

为一桩小三害死恩人丈夫又反告恩人的狗血官司，我在南方某城连续工作了二十多天，虽然还未开庭，身心都已疲惫至极。回到家里，睡了十几个小时。过了午，觉得该起床了，腰身依然倦怠得很，倚在床头时又无端地觉得烦闷和失落。为了朋友的一句请托，为了少得可怜的代理费，怎么就接下了这桩官司呢？活着是累的，也庸俗得很，总归是免不了情与钱。

一边洗漱，一边这么胡乱地想着，眼前的一切似乎都不太真实。

半个月没进书房了。摇开落地窗帘，窗外梧桐树的金黄扑过来。啊，已然到深秋。拉开玻璃，一丝桂花的沉香也飘进来，金黄的桂花虽已干成一团团深褐色，却依然残留着余香，这就是万物皆留香吧。

这时刻，喝茶是最相宜的，我确实也有些渴了，是那种久睡后来自身体深处的干渴。

这个时节，午后提神破闷，武夷山的肉桂是最适合的。牛栏坑的"牛肉"当然更好，马头岩的"马肉"也还不错，琥珀色的茶汤骨力苍劲，收敛而霸道，如一股开阔自由的山风迎面入喉，能浸透全身。

在冰柜里翻了半天，竟没找到肉桂。按我的习惯，这个时候喝红茶是有点早了，温热适中的乌龙是相宜的。乌龙也没有找到，只好顺手拿了盒绿茶。解渴就行。

这是春天遗留的一小盒太平猴魁，为什么没有喝呢？

我突然想起太平镇上的那个春日下午，以及朱山木。

那个春日的下午，我专门到朱山木的太平镇，是为了探寻朱山木所说的，那桩三十多年前三兄弟结拜的纠葛吗？似乎不是。那段往事与自己又有什么关系呢？作为一个爱茶人，我当时就是冲着猴魁茶去的。

太平镇是朱山木的老家。镇街上临水而建的"太平道"茶社，是典型的前店后坊的老店铺式样，朱山木平时也常常住这里。

春天就要过完，离立夏没了几天，正是炒制猴魁的最忙时节。

上午采、中午拣、下午必须制完，十几个工人都在后院安静地制作。朱山木拿出新采制的猴魁，冲泡。一边泡，一边给我讲解猴魁炒制的流程和品赏的茶经。头泡茶果然香气高爽，蕴含幽雅的兰香，这个时刻是不容你多说话的，入脾的兰香让你只有静心品味。

第二次泡后的茶，味道便醇厚浓烈起来。

朱山木放下茶杯，突然说，就因了这茶叶我结识了两个朋友，快三十年不见了，但他们却像卡在我喉咙里的两根鱼刺，吐也吐不出，去也去不掉。

我敏感地觉察到这里面是有故事的，便端起茶杯说，可以说说吗？

朱山木也端起茶杯，笑了一下，他并没有喝，而是放下茶杯。

我喝了一口茶，也点上一支烟，望一眼街上匆匆而过的行人，对朱山木说，如果方便的话，说说吧。

他又从茶几上拿起一支烟，点着吸了一口，然后才说，朋友啊，就像这茶，靠的是缘分。有时越品越香，有时越喝越淡，有时还能喝出苦来，但最终是水里来水里去。

朱山木叹了口气，开口了。

八十年代的龙年岁末，离春节也就十来天了。那年合肥的天气出奇的冷，小雪接着中雪、中雪接着大雪下个不停，我住在永红路旅社一间三床的房间里，连取暖的火炉也没有，更不要说空调了。房门旁边放一张床，对面放两张床，对着门的那个角里堆着我没卖完的茶叶，有七八个蛇皮袋。大街上的行人几乎都小跑着，生怕寒风冻坏了耳朵，商店里的人也稀稀拉拉的，茶叶一天都卖不出去几斤。一到下午，我就不再出门，窝在房间里，捧着热茶杯不停地喝，可还是觉得一股冷气贴在脊梁沟里。

那时的黄山毛峰、猴魁才是真正的无机茶，茶树连化肥都不施的，更不要说打农药了。朱山木穿插着说。他当年才二十二岁，但已经卖了五年茶叶，初中毕业那年就开始背着茶叶卖。那时，茶叶在城市里也很少人喝的，当然价格也便宜。

还回到那天下午吧，朱山木接着说。

那天应该是腊月二十三，农历的小年。永红路两边的胡同里从早上到下午，都有零星的鞭炮在燃放。我本来是想回老家太平镇的，可还有这么多茶叶没卖掉，路上也结冰了，去了两次汽车站都没有买到车票，真是又急又冷。我正捧着茶杯发愁，门外响起了脚步声，接着又听到服务员大姐铁环上几十把钥匙哗啦啦的响声。门被打开了，服务员对旁边的高个年轻人说，就是这房间。

房间里住进一个人，我是高兴的，有人说话也是可以驱寒的。这人就是吉林白山的辛宝，个子有一米八多，两只脚很大，脚上的棉鞋有一尺多长。我拿出茶叶给他泡上，两个人便聊了起来。他是在合肥永青汽车驾校学开卡车的，驾校放假后，没地方住了，他却没有买到火车票，只能先找到这里住下来。吉林人为什么会到几千里外的合肥来学开车，原因应该是挺复杂的，也许当时他说了，但我现在记不清了，毕竟过去三十年了。

朱山木说，他与辛宝很投机。辛宝当年二十八九岁，不主动说话，偶尔接起话茬也是很能说的，尤其说到他十来年在社会上四处走的见闻，还是很新鲜的。当天晚上，我俩就在永红路尽头街角的小饭馆喝起了酒。那晚，我俩喝了一瓶古井玉液。说是我俩喝，其实我喝的最多二两，辛宝显然比我的酒量大多了。边喝边聊，老板要关门了，我们才离开。那天夜里，雪下得很大，但我却没感觉冷。酒驱了寒，也驱走了寂寞。这一天，我第一次知道，心与心也是可以相拥取暖的。

几杯茶喝下去，朱山木慢慢兴奋起来。

他递给我一支烟，又接着说与贾大白相遇和他们三个人结拜兄弟的事。

腊月二十六那天下午，天空中下起了雪粒子，落在树枝上、雪地上，发出沙沙的响声；风吹过来，雪粒扑到玻璃窗上，不一会儿，外面就雾蒙蒙的一片灰白。傍晚时刻，贾大白就被那个女服务员送到了我们房间。贾大白很能说，他一进屋，就开始骂天气，骂一个什么人不守信用，害得他找人找不到，回去又买不到车票。

那天晚上，我们仨人又去了永红路那家小饭馆。贾大白点了菜，辛宝让店老板拿瓶古井玉液，我那时身上有卖茶叶的千把块钱，就说由我来出钱。贾大白大手一挥说，喝，这酒香，今天他刚住进来，酒菜都由他全包了。那晚，我们仨喝了两瓶酒，我还是只喝了二两多后就有点晕了，剩余的肯定是他们两个喝了。贾大白那天晚上说的话最多，几乎都是他一个人在说。他说，他是河南驻马店的，是中学教师，是诗人，是来合肥《诗歌报》找人的。我和辛宝都只上过初中，对贾大白说的北岛、印象派什么的真是不懂，就任他边喝边说。

那年年底真是邪门，雪就是不停地下。他们三个人到年三十那天都没有买到回家的车票。那时的合肥，到了除夕大小饭店差不多都要关门的。我们仨早晨就跑到七里塘菜市场，买了一些熟菜、包好的饺子和几瓶酒，为年夜饭和初一做了准备。

那年三十，我们三个人真是守夜，一整夜都没有睡。那时没有电话，给家里人联系不上，家里人肯定担心死了。街上不时响着鞭炮，空气中弥散着肉香，可我们三个人开始也都愁苦着脸。冰天雪地，人困旅途，又有什么办法呢。随着酒越喝越多，我们的心情也渐渐好起来。

新年的钟声快要响起的时候，贾大白提议我们三个人结拜成生死兄弟。他的提议立即得到了我和辛宝的赞同。按年龄排序，辛宝是老大、贾大白是老二，我排行老三。外面的鞭炮声接连响起的时候，新年到了。我们仨举起酒杯，贾大白带着我和辛宝起了誓：兄弟结义，生死相托，福祸相依，患难相扶，天地作证，永不相违！

那夜，我们仨都喝醉了。贾大白喝得最多，也是第一个喝醉的。

现在，朱山木是猴魁的第一大庄家。由于他在茶叶行多年的经历，经济实力就不用说了，尤其家住太平镇这个独特的优势，使得每年最好的太平猴魁都要过他的手。这么说吧，我敢肯定，他送我的这茶一定是上品。

水烧开了。我洗净水晶杯子，夹起一片两端略尖的茶叶细瞅，茶叶通体挺直、肥厚扁平、均匀壮实、苍绿中披满白毫却含而不露，猪肝色的主脉宛如橄榄。这是上品猴魁，不是用地尖、天尖、贡尖或魁尖冒充的。

每一款茶叶对水温都有自己的要求，水温太高不行，太低也不行，甚至上下差一两度都可能废了茶的韵味。太平猴魁要九十度的水，这水也一定是沸后降温的，不沸的半生水是决然不妥的。水冲进去，也就一分钟的光景，芽叶便徐徐展开，继而舒放成朵，两叶抱一芽，或沉或浮，如一个个小猴子在嫩绿明澈的茶汁中搔首弄姿，煞是可爱。

品尝这样的上品，自然是要音乐的。

我打开墙角的胶片机。找到王粤生的黑胶片，这是从网上淘来的早期 HK 风行黑胶，古筝独奏《高山流水》虽然不是王粤生最得意的作品，却是我的最爱。

这时，唱片机里，虚微、渺远的古筝曲，从高山之巅、自云雾丛林，时隐时现地飘出；杯子里如幽兰的茶香也溢出来，慢慢地弥散开，和着古筝的声音扑过来。

我微眯着双眼，深深地吸了一口混着音乐和茶香的气息。这时，与朱山木谈话的那个春日下午，又浮现在了眼前。

朱山木说，他们三个分别后的那年四月，合肥大街上就开始乱哄哄的，成群的年轻人时不时就在大街上走来走去。他弄不清发生了什么事，但自己的茶叶生意并没有受影响，甚至比往年卖得更多了。每天背着大背包到街上铺面时，都会有人买一些送给街上的年轻人。当然，有一次，他也损失了一大背包茶叶。那天，他想穿过人群到对面街上去，却被人群挤倒了，茶叶被踩碎在大街上。

那年八月底的一天晚上，快十点了，贾大白突然来到永红旅行社。朱山木点上一支烟，又接着说。

贾大白见到我时，火急火燎的，好像被人追着一样。他给我说自己夏天在北京出了点事，现在得出去躲一段，要向我借点钱。我想问详细一点，他却说你知道得越少越好，不能连累你，你借我钱就行了，我一定会还的。

看那样子，他真是遇到了麻烦。我就把身上的八百多元钱，全掏给了他。他接过钱，就离开了旅社，说要去赶到东北的火车。我送他到永红路口，看他消失在街头，又抽了两支烟，才回到房间。那天晚上，我几乎没怎么睡着，一直在想，他一个老师，还是什么诗人，不会犯下杀人放火的事吧！

自此，有两年多再也没有贾大白的消息。

第三年初春的一个晚上，茶叶卖完了，我高兴地回到永红旅社。刚一进院门，那个胖胖的女服务员就诡秘地朝我一笑说，有个女的抱个孩子等你一天了。

啊，这是谁呀？自己去年谈的对象在老家太平镇啊。

这个女的二十岁上下的样子，像个没结婚的学生，手里扯着一个一岁左右的女孩。我还没开口问，这个女的便哭了起来。我把她引进房间，这个女的说她叫曹秀霞，是贾大白的学生；她怀孕后贾大白就走了，临走时给她写了字条，让她有事来合肥找我。说着，曹秀霞把贾大白写的字条递给我。那个字条我一辈子都不会忘：朱山木 生死兄弟 合肥市永红路9号永红旅社。

那天晚上，我把曹秀霞娘儿俩带到永红路街角那家小饭馆。点了两个菜，我自己要了瓶啤酒。曹秀霞左胳膊抱着孩子，边吃边流泪地说，她得去找贾大白，听说他去了广州，自己带着这孩子在老家没法待了。我说，这两年多我都没见他了，广州那么大到哪儿去找呢。曹秀霞就停下来不吃了，一直哭。我劝了一会儿，她又接着吃起来，显然一路上她没有吃好，是饿着了。

一瓶啤酒快要被我喝完的时候，曹秀霞说她要方便一下。小饭馆北边十几米的地方有个公厕，她把孩子递给我，就出去了。

等了十几分钟，曹秀霞没有回来。我抱着孩子去找，最终也没有见到曹秀霞的影子。那天夜里，我哄孩子睡的时候，从她上衣口袋里找到一张纸条：朱大哥，你是好心人，先替我照顾着闺女，我要去找贾大白。

记得朱山木给我说到这里时，他自己突然苦笑起来。笑着，笑着，就流泪了。他说，我是上辈子欠贾大白的债了。他和那个曹秀霞都是提前给我设好了套。很显然嘛，曹秀霞见到我之前就把字条写好了，她是一定要把孩子这个包袱甩给我的！

听朱山木讲着这些，我也觉得一切都像注定的结局。

停止了回忆，唱片机里的古筝声又充盈了我的耳膜。

古筝清澈的泛音淙淙铮铮，如幽涧之春溪，清清泠泠似松根之细流；青山叶动，春水荡漾。此刻，我分明看见一袭长衫、白衣高古的伯牙端坐琴前，纤长而有力的双手拨弄着琴弦，琴声与长发随风而飘，万物沉醉迷离。樵夫钟子期闻琴丢下柴刀，立耳静听，泰山之形从琴音出，子期自语"善哉乎鼓琴，巍巍乎若泰山！"；少时，琴弦上的流水自高山而下，子期又语"善哉乎鼓琴，洋洋乎若流水！"

啊，山林竟遇知音！伯牙起身施礼，"吾乃楚国郢都人，晋大夫俞瑞，字伯牙是也"。子期亦施礼以答，"一介草根钟家子期"！伯牙复弹琴，琴声遂如雨落山涧，山洪暴发，岩土崩塌……子期邀伯牙林中寒舍餐宿，杀鸡煮酒饮血为兄弟。及至次日破晓，伯牙方惜别子期使楚，相约翌年中秋再会。

听琴生景，伯牙和子期仿佛正与我对坐书房。这时，琴声若隐若现，飘忽无定，虚无、邈远。朱山木那个春日下午所述之事，又出现在眼前。

曹秀霞不辞而别后，朱山木只得把孩子送回太平镇老家，交给他母亲暂养。关于贾大白、曹秀霞和这个女孩的事，朱山木的母亲是信的。但他的女朋友听起来就像天书，立即退了婚事。这一点朱山木说自己倒没有什么，关键是这女孩就这样一直养着也不是长远的办法。

又一晃，五年过去了。朱山木结了婚，女孩仍由母亲带着，也该上学了，可连户口也没有，这样下去肯定不是办法。

朱山木觉得贾大白一定会找辛宝的，辛宝也许会知道贾大白的一些情况。他按辛宝留下的地址写过十几封信，都不见回音。难道辛宝留的地址是假的？难道他也是不靠谱的人吗？

这年夏天，朱山木决定去吉林安图县二道白河镇找辛宝。

在二道白河镇找了三天，朱山木终于打听到了辛宝的下落：他在天池景区入口开越野车。

朱山木立即赶到天池景区入口。从山下到天池，必须换乘越野车。一个开越野车的司机告诉朱山木，辛宝拉着客人刚上山，可以拉着朱山木去找。朱山木坐上这人的车，就开始了解辛宝的情况。司机开始不愿意多说，后来说不太熟悉，辛宝才到这里半年，听说因为射杀野貂进过班房。

山路越来越险，司机不再开口。能见到辛宝就好！朱山木也不再问，他心情很好地看着车窗外的风景。

车子走到半山腰，一团一团的白雾压过来，开了车灯才能看清十来米远。几分钟之后，到了天池旁边停车处，天空突然云开雾散。司机笑着对朱山木说，你是有福之人，到这里十有八九看不到天池真面目的。

朱山木下车让司机找辛宝。这司机问了两个人，都说他刚拉客人下山。司机就对朱山木说，既然来了，又碰到雾散，你就先去看看天池，我在这里等你。一会儿下山肯定能找到他的。

朱山木随着游人向天池走去。

曲曲折折地踏雪走了十来分钟，天池便在眼前。只见湛蓝湛蓝的湖面上倒映着悬崖、峭壁、蓝天、白云，一缕一缕纯净的阳光透过云层扑进湖里，又折射到峰壁的白雪上，与湖面上的粼粼波光辉映交互。游人们正沉醉在这美景中拍照留影，突然间狂风吹来，浓云滚动。朱山木刚走几百米，到哨所旁边，伴随着电闪和雷鸣，大雨倾盆而下，雪白的山顶风吹雨飘，寒气逼人。

朱山木见到辛宝时，天已经黑了。

那晚，辛宝和朱山木边喝酒，边说着他们分别八年来的事儿。虽然，朱山木喝多了，但他还是弄清了辛宝以及贾大白这些年的经历：贾大白跟朱山木借钱后，来到二道白河镇找到了辛宝；他说有人要抓他，就在辛宝家住下来，并在他家过了年；春天的时候，贾大白提出让辛宝抓野貂收貂皮，由他带到南方去卖，赚钱平分；谁知那年上面突然对捕猎野貂抓得紧，贾大白带着貂皮离开不久，辛宝就被林业派出所抓了，而且判了三年；辛宝被劳改的时候，贾大白给他寄过信，他告诉辛宝说，出来后就去深圳找他。

辛宝出来后去深圳找过贾大白，但在他留下的地址处打听了一个多月，才听说贾大白可能两年前就去了香港。而且是听说，辛宝想肯定找不到了，就又回到了二道白河镇，当司机拉游客。

那天，辛宝喝多的时候又说，他在监狱期间有一个自称是贾大白媳妇的女人到他家找过，后来到哪里就不知道了。

这次东北之行，朱山木虽然没有找到贾大白的消息，但总算见到了辛宝。辛宝说，贾大白一定还会找他的，只是或早或晚的事。但朱山木不这样认为，他觉得贾大白肯定不会再联系他俩了。

那天在太平镇朱山木家里，他端着茶杯说：我当初的判断是对的。二十八年了，贾大白仍然一无消息。

过去的，永远不会再来。他仨的过往对我来说，也许就是个故事。

我再次把热水冲进去壶里，茶香又飘出来。呷了一口，如兰入脾，我顿觉神气清爽。这时，轻快如歌的古筝声似从天边飘来。闭目静听，竟如云行水流，悠悠扬扬，如少女的吟唱，似春风拂面，世界立即变得安谧而温润。

音乐真是可以蚀骨销魂的。我正这样想着，突然手机响了。这是谁啊，这个时候来电，真让人败兴。

手机一直在响。我睁开眼，本想立即关掉的，但来电的却是我那个无事生非的朋友老毛。我心里很不高兴，按了键，没好声气地说：哎呀，被你害惨了，接了你介绍的这桩官司。

老毛并没有意识到我的不快，而是讨好地说：你要请客，这个狗血官司一准抓住所有人的眼球，你大火的机遇来了！

挂了老毛的电话，我竟听不到了书房内的古筝声，脑子里浮出那桩狗血官司来。

委托人静静说，真是一念之间就注定了事情的结局。

十年前的春天，她和丈夫去青海考察时结识了正读高一的贫困女孩那扬。当时，她学习刻苦，却因家庭贫困面临辍学。那扬只比自己的女儿大四岁，静静决定帮她到大学毕业。毕业后，那扬来了静静在镇江的工厂上班。那扬人生地不熟，聪明能干，静静把她当女儿待。

静静因照顾患病的母亲，很少过问厂子的事。一天，她无意间在丈夫石东升办公桌抽屉里翻出本人工流产的病历。一查丈夫的微信记录，她当即晕过去了：流产的竟是那扬。

"农夫与蛇"的现代版啊！面对静静，石东升苦苦哀求和保证，说自己只是一念之间犯下了错误。想想女儿的未来，静静心软了，准备默默处理，让那扬立即离开镇江。

可那扬非但没走，还叫来了家人与静静和石东升大闹。面对如此乱局，两面夹击，一向要面子的石东升，激动之下心梗离世。丈夫突然去世，猝不及防的静静蒙掉了。偏偏这时，那扬拿着石东升写下的 40 万欠条上门讨债，未果，最终起诉到法院。

按说，这场官司没有什么悬念。好个忘恩负义的那扬，鸠占鹊巢，拆人家庭，谋人钱财，竟还有脸诉诸公堂。但，这事却比我想象的八卦得多，曲折得多。

当我费好大周折约见到那扬时，她却哭诉着说自己被石东升强奸的经过，并出具了石东升亲笔写的强奸忏悔书，以及 40 万欠条的复印件。石东升在忏悔书上写得清清楚楚：自己一念之差，强行与那扬发生了性关系；如三年内不与她结婚，就以 40 万作为补偿。

我点上一支烟，回想着这些，心里发愁。这官司还真不是那么好打的。静静当初资助那扬并让她到自己厂里工作，石东升与那扬第一次强行发生关系，都是一念之间就注定的结局啊。

真可谓，缔结了就不会消失啊。

正品猴魁，是特别吃水的。头泡香高，二泡味浓，三泡、四泡仍香如幽兰。

我喝茶是喜欢偏热的。一杯冒着热气的茶汤入喉，心便静了下来。

静下心来，便感觉到古筝跌宕起伏的旋律。

此时，我能想象到王粤生手中的古筝正猛滚、慢拂，流水激石声起，犹如危舟过峡，有腾沸澎湃之观，具蛟龙怒吼之象，好不动魄惊心。接着，泛音如波而渐弱，正是轻舟已过激流、平湖淹没险滩，眼前流水如歌，风畅，云舒。

仿佛是两千年前，俞伯牙与钟子期两颗心的相交相融。

我与朱山木是如何相识的呢？古筝声勾起了我的记忆。

　　结识朱山木，就是从买茶开始。

　　五年前的秋天，我这个以律师为主业的业余诗人，竟接到了参加"西海诗会"的邀请。诗会的喧嚣和乏味，以及男男女女老老少少的苟且，让我心里很不是个滋味。诗人死了，诗也死了。于是，便独自来到西宁。

　　毫无目的徘徊在西关大街上，行道树上的黄叶和微寒的风，让我感觉更加孤寂。找个酒馆或者小店喝一杯烈酒，或许会更好些。我加快了脚步向前走，没走几步，就在左前方看到一个叫"太平道"的茶叶店。

　　这名字有点意思，我决定进去看看。

　　店面不大，却雅致精巧，墙上挂着仿宋人马远的《山径春行》，竟使这小店平添些许清新和意趣。

　　我看了看柜台下摆放的猴魁，便兀自地笑了，这个地方这个时节竟卖猴魁，骗这西部人不懂茶叶吧。我让女店员拿出来我看看，这女孩审视我几秒钟，便从柜台后的一个小冰柜中取出一小盒茶叶，小心地用木夹子夹起一片茶叶，递给我。

　　我扫一眼就笑着说，这茶连魁尖也算不上！真正的猴魁，那是刀枪云集，两头尖而不散不翘不卷边，两刀一枪披白毫！

我正这么说着，朱山木从里面走出来。

他看了看我，有些歉意地说，这位先生，看来你是个行家，这里确实没有真正的猴魁，最好的也就是贡尖了。他有些心虚又无奈地接着说，在这里不套个猴魁的盒子，也卖不出去。如今，懂茶的人并不多，看的都是价钱。

我不以为然地反问，那就可以以次充好了吗？

朱山木掏出烟递过来，忙解释道，这价格也不是真猴魁的价啊！听口音你应该是安徽人，咱们是老乡呢。可否赏脸喝杯茶，聊会？我这还真有一盒猴魁！

在里面的茶室里坐定。

朱山木对站立在旁边的女孩说，"鹤儿，把那盒猴魁取出来！"

鹤儿的眼神与朱山木的目光倏地碰了一下，转身离去。他俩的眼神虽然就这么一碰，但我还是看出了其中的默契、温暖以及深处的一丝暧昧。

鹤儿净杯、冲泡、分茶。茶是绝品，形、色、香俱有；鹤儿明眸笑靥，含情周到。我与朱山木从茶聊起，及至山南海北、杂闻逸趣，都有些相见恨晚的遗憾与欣喜。

自此，我与朱山木慢慢交往起来。以茶为友。

朱山木专营猴魁，虽然挣了不少钱，但至少表面上看来并不俗，金钱对他来说似乎是可有可无的事。

每次见他时，案头上都放着几卷宣纸水印的《徽州府志》，有时翻开，有时合在一起，总之，让人觉得这是一个有些文化情结的人。

今天我却突然有一种直觉，朱山木是一个深不可测的人。疑问和不解竟涌上心头。

鹤儿是贾大白和曹秀霞的女儿吗？如果不是呢？那朱山木与贾大白和辛宝的故事真正发生过吗？鹤儿与朱山木究竟又是什么关系呢？

这样的疑虑并非突兀而出的。

因为前年秋天，我因一个案件也去了二道白河镇，也顺便去天池景区。但我并没有打听到一个叫辛宝的人。

当时，我还给朱山木打了电话，他却说自从那次与辛宝见面后也没再联系过，有二十年了吧，也许他早就不在那里了。

我当时并不是出于律师的职业习惯，专门要核实朱山木所讲故事的真假，而是想见一见那个叫辛宝的人。也许，就是一念之间想见他而已。

从二道白河镇回来有那么一阵子，我脑子里确实想过几次这些疑问，但终因世事繁杂，手上的案子又特别多，竟忘了这事。毕竟是别人的故事，自己还要为生活奔波，这样的闲事自然不会久在心上的。

直到半年后的一天夜里，鹤儿突然给我打来电话，我才又重新想起。

那是个春天的月夜，如钩的上弦月挂在湛蓝的天穹。星星特别明亮，像一双双少女的眼眸，闪着天真而希冀的亮光。荡漾的微风，如少男少女的私语，弥散在静谧的夜里，偶尔有飞动着的鸟鸣划过去，夜空显得更寂静了。这个时刻，捧一杯绿茶坐在阳台上，也许并不是为了真喝，只是想让这茶为夜空，平添一些如兰的清香。

我正沉醉在这欢喜的时刻里，手机突然响了起来。

手机真不是个好东西，它让人人都失去了安静和自由，更不用说隐私了。但离开手机似乎就脱离了社会，会丧失种种所谓的机会和友情。手机不依不饶地在响着，我只好转回房间，想看一看到底是谁打来的。

原来是鹤儿。她极少打电话的，好像就没有主动给我打过，只是偶尔在微信上点个赞。有时，我把需要茶叶的朋友介绍给她，她最多也就是发一个感谢的表情。这是一个矜持而有分寸的女孩，这是我几年来跟她交往的感受。现在，她突然来电话，一定是有事情的。

鹤儿找我的确是有事情。她那天夜里肯定是喝了酒或能让她兴奋的东西，平时像茶一样安静的她，像是碰到了热水，整个人蓬勃热烈开来。她有些急切甚至焦虑地问我：一个人的口头承诺不兑现，可以诉诸法律吗？

这确实是个难题。口头承诺不履行是可以起诉的，口头形式的法律行为，理论上在法律没有特别规定的情况下，对双方当事人是有效的，但是要进行诉讼证明就变得非常困难。除非在对方口头承诺的时候有其他跟利益无关的证人在场或进行了录音或形成了有利的文字证据，否则即使起诉也会因无法举证，导致无法为被承诺人争取到合法的权益。

作为一个律师，我首先要了解案件的经过和有关证据。

我问鹤儿能不能具体地说一说事情的经过。她支支吾吾的，拒绝正面回答，说只是想问询一下。当我问她承诺时有没有第三方无关利益人在场或录音时，她停了几秒钟，有些失望地告诉我说都没有。没有证据的维权肯定是无果的。于是，我就直接地告诉她，像这种情况没必要再追究了；即使起诉了，带给当事人的也只能是失望和烦恼。

鹤儿失望而不甘地说，那法律援助和同情弱者又体现在哪里呢？事实上确实是他多次口头承诺过啊！

我该如何向她解释呢。想了想，我还是耐心地告诉她：法律的源头来自于一个国家的社会道德，"人无信而不立"也体现了社会道德与法律对于信守承诺的看重！但是，你没有证据来证明客观事实的存在，那么，这个客观事实在法律上就是不存在的。

我的话虽说得有些专业和拗口，但鹤儿还是听明白了。她有一分钟的样子没有说话，我正要说再见的时候，她突然很低声地说，她现在一个人在深圳，自己今天喝了酒，想跟我聊一聊。

虽然她不在我面前，但我还是能感到她的伤感、无助、孤独和倾诉的迫切。当然，我对她的过往也是感兴趣的，尤其是我想通过她了解一下她是不是贾大白和曹秀霞的女儿，以及关于朱山木的一些事情。

那天夜里，我俩聊了很长时间，大约有个把小时的样子。她对朱山木的情况是有意回避甚至是警惕的。但从她讲述自己经历的过程中，我还是听出了一些意外和不一样来。

鹤儿说，她是朱山木的养女，大概四岁的时候来到朱家，那时朱山木还没有结婚，她是跟着朱山木的母亲即她的养奶奶一起生活。她上小学的时候，同学们都骂她是捡来的野孩子。她问过奶奶和朱山木，但他们都不告诉她真实的情况，甚至不承认是捡来的。

那个时候，鹤儿说自己特别孤独，通过回忆她确信自己不是朱家的孩子，但她出生的家里肯定是种茶树的，因为她朦胧地记得一年春天，大人们把茶树枝条从一头编成一个圆圈、另一头伸出来，坑底洒一层金黄的小米，然后填土埋上了。她确信，那一定是她的家，那个种茶树的男人和女人肯定是她爸爸和妈妈。但为什么会到了朱家？她长大后也多次问过朱山木，朱一直说是他在广东做生意时捡来的。

我在手机这头提醒她：朱山木给你讲过一个叫贾大白的河南人和叫辛宝的东北人没有？

从话语中，我能感觉到鹤儿的诧异，她说从来没有听说过。

朱山木从没有给她讲过自己从商的经历，但她从七八岁时就知道朱山木一直在经商。朱山木以前究竟做什么生意，在哪里做生意，她一无所知。后来，鹤儿回忆着说，在她十岁那年，朱山木突然离家再也没有回来，那时她已经上小学三年级了。隐隐地从同学嘴里说朱山木在外面坐了牢，是犯了诈骗罪。那时，朱山木刚结婚一年多，还没有孩子，那个漂亮的瓜子脸媳妇就走了，再也没有回来。

上初中一年级那年春节，她问过朱山木的母亲也就是她的奶奶。奶奶有些生气地说，不要相信那些坏孩子的，你爸爸到很远的地方做生意去了，很快就会回来的。

从鹤儿那晚的聊天中，我理出了她的大概经历：她初中毕业那年十五岁，因为没有钱上高中，就到合肥去打工了；三年后，朱山木找到了她，从此开始跟着朱山木做茶叶生意。

现在，鹤儿是在深圳做茶叶出口生意。不过，她自己单独做了。她说，自己在生意上与朱山木已没有任何联系。

为什么自己单独做呢，她与朱山木之间究竟发生了什么，她咨询的承诺兑现问题是与朱山木之间吗？这些问题，那晚我没有得到鹤儿的正面回答。但是，有一点我是可以肯定的，朱山木给我讲述过的自己，与鹤儿亲历的朱山木肯定是不一样的，而且相差很大。究竟哪些才是事实呢。

加上，我去二道白河镇寻辛宝不遇，这构成了我对朱山木的存疑和不解。

此时，这些思虑，让我有些不安和口渴。

我喝猴魁，是不续茶叶的。

这并不是茶叶多金贵，而是喜欢那种由浓到淡、由淡到无的感觉。现在，水又冲进杯里，嫩匀肥厚的叶片虽已被泡得黄绿明亮，却枝枝成朵似花地在水中浮动。呷之淡然，似乎无味，入喉后，丝丝太和之气却弥沦于齿舌之间，有一种无味之味的至味美感。

喝少许茶汤在口中，一些想法又涌上了心头。

鹤儿与我手头上这个狗血官司中的女孩那扬，会有相似之处吗？进而我又想，俞伯牙与钟子期的故事是不是真的发生过？作为律师，我只相信实证，但这流布千年的言说，可以作为历史的证据吗？没有证据证明的事实就不是事实了吗？是律师这个职业让我怀疑一切，还是这个世界本来就令人生疑？

为什么要想这么多呢？我说不清。

茶，终于被喝得淡如白水。

古筝声也停了，高山与流水瞬间隐退。

一阵风吹过，金黄的银杏树叶，纷纷飘落……

王的秘密

1

其实，我就是个骗子。

五年多来，一直打着心理咨询师旗号，在网上行骗。骗他人的真情、骗他人的眼泪、骗他人的钱财。

是怎么走上这条道的，还真说不太清。老公是一家园林公司的老总，婚后我就成了全职太太。带孩子之余寂寞难忍，渐渐就迷恋上了网络。网络真是个迷人的世界，于是，我成了不少论坛和聊天室的常客。进了聊天室，就由着性子与无数的陌生人神侃瞎聊，人机一体的日子，真是幸福得爽歪歪。

突然有一天，我发现这个世界上心理有病的人还真不少，几乎每个论坛每个聊天室里都密布着这样的病人，男男女女老老少少五花八门的人都有。刚开始的时候，我在聊天室里开导那些心理有问题的疑似病人，后来干脆以心理咨询师的身份与他们聊天。

随着自己名气在网络上越来越大，也是扛不住网友的鼓励，四年前，终于在网上开张了一家"梦姐心理专科"。也正是在这之后的某一个凌晨，一个署名"王"的人成了我的朋友。

对王这个名字我很感兴趣，就问他为什么取这名。他没有直接回答我，而是发来了一首有关玉米的诗：玉米林间点点红，怀苞未熟仰天空；待到硕果八月成，我自称王笑春风。

网络江湖，不问来处。我想了解他的真实情况，当然是不太可能的。但从后来交谈的蛛丝马迹中判断，王应该是一名江南某小城的警察，而且是技侦方面的专家。

突然间，我却对自己的判断产生了怀疑——王身上的秘密和疑点越来越多，他似乎变得一点都不真实了。尤其是这半年来，他传达过来的信息，俨然就是一部悬念丛生的小说。

于是，我决定把他的秘密写出来。也许，这个自称王的人，就隐藏在你身边，说不定还是你的同学或故旧。但我也预料到，肯定有不少人会说，这是我虚构出来的一部小说。

也罢。无论你怎么想，我都敢保证，编辑出来的这一堆文字，虽然把这些年我们交谈内容的前后顺序做了调整，但每一个字都是真实的，而且应该是很有意思和吸引力的。

那就从半年前，他的一次出警说起吧。

那天下午四点多钟，王就开始在网上跟我聊天。

看得出来，那天王心情一般，是那种无事可做的寂寥。他说，这一个多月没发生人命案，手上也没有其他的案子，又是周日值班，无事可做。我们就这样聊着聊着，聊到了他的母亲。他说，母亲是一个沉默的老太太，一直没见她鲜活过，就像那种蔫了的玉米棵一样，也绿绿地向上长着，但没有过蓬勃。

其实，他母亲原来不是这样的。他五岁前的记忆中，母亲是喜笑的女人，整天说说笑笑的。那时，他们在淮北一带居住，具体在哪个县哪个村，他记不清了。但从他老提的玉米地和山芋饭，我判断应该是在淮北。

他五岁时，记事还不太清楚，母亲在一个雨天带着他，坐长途汽车来到了江南一个小镇上。从此，他开始一年四季吃大米。

虽然，王的话总是闪烁不定，但我从这些年的聊天中判断，他母亲应该是与父亲离婚或者出走到江南来的。看得出来，王与他母亲感情有些隔阂，每每谈到关键处都转移话题。

这天，他显然对母亲有些不满，这不满来自妻子的传导。王的妻子与婆婆最近矛盾公开化了，有时竟互不理睬。这根源是老太太最近喜欢上了老年广场舞，有几次竟忘了接孙子。更可气的是，母亲在前几天向王提出要几百块钱，说是要买服装，要参加一场表演必须穿新装。

王当然是给了钱，但他觉得母亲有些奇怪，就是想不通母亲为什么突然像变了个人一样呢。

我们聊着聊着，王就不说话了。我以为，他有急事，就给别人聊起来。这时，对话框又出来了王的回复。

"奶奶的，要出警，哪能让我们去呢！"显然，王很不高兴。

"有突发情况了啊？你这搞技术的都上了。"我以为又出现了人命案。

王很恼火地说："一号要慰问跳广场舞的大妈。真他妈莫名其妙！"

我判断王此时的心情一定很坏，平时他是不轻易说脏话的。于是，就说，"命令如山倒，赶紧去吧。"

王没有回复，对话框就从网上消失了。

知道王那天在爱民广场上出警时发生的事，已经是一周后了。

但我怎么也没有想到，一次普通的出警却开始逆转了王的命运。

事情其实很简单，但任何复杂的事往往都是从简单开始的。

那天是周日，市委书记卞恒义早上起来突然想去爱民广场看看。他这么一想不当紧，忙坏了下面的人。书记到广场与民同乐，安全是首要的事。更何况这个广场，是卞恒义在市长任上力主修建的。

广场原来在城南关，开发新区时就成了中心。在中心区建个广场应该说是大好事，市民有休闲运动的场所了。但事情却很复杂，广场所在地的拆迁成了大问题。一百多户人家拆一年多都没有拆下来。时任市长的卞恒义着急呀，他在人代会上公开承诺过，这样拖下去怎么行呢？开发商续大强也急得要命，三天两头到市政府去找，他垫着钱呢，这样拖下去，白花花的银子就天天向外流。

接下来，强拆就是一种必然。

强拆是在夜里进行的。四百多位警察在凌晨两点钟突然围过来，街道干部和城管执法队员冲进剩余的十几户人家，把房内的人强行架出。挖掘机和推土机呼啸着冲上去，也就半个小时，十几处房屋全被推倒。

没料到的事情发生了：一个七十多岁叫史景仁的老人，在混乱中被崩下来的水泥块砸断了腿。这下子麻烦来了。

史景仁的老伴修慧英和女儿史艳成了专业上访户。修慧英年纪大，听说前些年在输血时染上了艾滋病毒，不能关又不能押，但她与史艳却不依不饶地到省城上北京。卞恒义和信访局都头痛得很。最终还是把史艳给刑拘了，而且以扰乱公共秩序罪判刑两年半。

广场建成后，修慧英上访的事一直没有真正得到解决。这样一来，卞恒义来广场视察自然要加强警戒。

这天广场上很是热闹。练五禽戏的、打太极拳的、跳广场舞的，有几百号人。

卞恒义下车后，就被人簇拥着走进警戒圈的人群。人们见市委书记走过来，都鼓起掌。

卞恒义微笑着给大家挥了挥手，就开始讲话。讲话时间并不长，也就五分钟的样子。讲毕，便与十几个男男女女握手。人们与卞恒义握手的兴致很高，不少人喊着感谢的话向前面拥过来，卞恒义脸上荡漾着沐浴众生的笑，很沉稳地向前走着。这时，修慧英突然上前，一把攥住了卞恒义的右手。

随行的信访局长和市委秘书长认识修慧英，就冲过去拉住她。修慧英哪肯松手。在拉扯中，卞恒义的手面被修慧英的指甲剐出了三个血印，而且渗出血丝来。场面混乱起来，警察围过去，强行把修慧英抬上警车。

卞恒义稳定一下情绪，向面前的群众说："同志们，你们继续，你们继续。她脑子不正常了！"说罢，就在众警察保护下，向外走去。

当时的情况，也许有一些出入，但这是一周后王在网上给我说的，我想应该大抵是如此。

王与我在网上聊天，是那种跳跃式的，并不是围绕着一个话题一直聊下去，而且想到哪聊到哪。但是，我为了让读者能尽可能地看得明白些，还是把那天出警后的事给捋顺，也就是说把后来发生的事给提到前面。

那天，王回到家里已十点半。他草草地洗洗，就上床了。

在十一点半的时候，他接到了局长的电话，要他立即去局里。

到了局长办公室，局长严肃说："交给你一项政治任务，采集修慧英的血样，你亲自查一查她到底有没有艾滋病！"

王愣了一下神，说："局长，这病属于疾控中心检测。"

局长瞪一眼王，说："公安局是最保密的地方。明天中午书记的血样也会送到你手上，要认真查一下有没有感染！"

王应了一声，是！转身就要离开，局长又说："一定要保密！只给我一个人汇报。这是命令！"

王是技术队长，主抓业务。他不仅是省内知名的足痕专家，更是公安系统出了名的检测能手。加上他平时闷葫芦样的脾气，局长把这件事交给他办，应该是唯一选择。

做刑侦技术十多年，王当然知道此项任务的重要性。更何况，事关书记卞恒义呢，保密是绝对第一的。

王从局长办公室出来，月亮高悬在头顶。公安局大院里的路灯都关了，月光照下来，王的人影被拉得老长，扑在院子的人行道上。

但是，王没有注意到这些，脑海里浮现的却是北京那次专家培训。

在那次内部培训中，听专家讲国外元首来访，房间都是对方特殊人员亲自清扫，一丝毫毛、一粒皮屑都是不能留下来的。现在的基因检测技术先进，通过人体细胞样本，能把身体各种状况检测出来，甚至通过活体细胞可以克隆。

科技发展到今天，太吓人。克隆羊克隆牛早就成功，如果采集到奥巴马的细胞活体，克隆出一个小奥巴马也许并不是一件难事。即使不能克隆出人来，通过细胞活体，检测出人的生命体征也十分容易。

那天，王的车速很慢，只有二十码。他倒不是为了欣赏这静谧的月光，而是控制不住的胡思乱想。

车在街角的拐弯处，他突然想到，如果真能把自己克隆出来，那真是一件奇妙的事。最好能克隆出两个自己，一个放在局里，一个放在家里。要是真能做到的话，现在他就不用回家了，或者局长叫他的时候就让克隆的王去应差，自己可以仍然睡在家里。

有了这个想法，王很兴奋。如果真正实现了，那么他就可以"三位一体"，平时让两个克隆人在单位和家里，真身的他就可以按着自己的愿望去做事了。有许多事都需要他去做呢。比如，有些案子虽然结了，但他一直坚信是冤案，许多证据要补充；他还有许多爱好不能实现，旅游啊、寻访啊，甚至周游世界。这一切，都是他现在想做而做不到的。

虽然，这只是一个假想，但他的心情还是很兴奋的。

2

其实，那天王从出警回家到局长叫他，这一个小时之间，还发生了一件让他十分沮丧的事。这是他在一天深夜跟我讲述的。

王草草地洗罢上床，妻子素素急忙地关掉了手机。从她窘得有些微红的脸上，王推断她一定在看那种片子或者给谁聊天。以他的职业警觉和以往的经验，王相信自己的判断不会错。但他也不好说什么。三十如狼四十似虎，妻子正在这个年纪上，丰腴而解风情，有这些需求也算正常。更何况，自己做刑警这一行，十天半月不回家的情况时时发生，而且自己又不喜欢床帏之事。所以，王对妻子的这种行为，也就闭一只眼睁一只眼。

对妻子素素看那种片子的事，他是闭眼不问的。但对她是否有"出墙"的行为，他却是眼睛睁着的。一个破案老手，对付这些男欢女爱的事还是有办法的。更不要说，上侦破的特殊手段了。这几年，王虽然对妻子心生怀疑，但他怀疑这是自己职业的习惯，看谁都像嫌犯。至于"出墙"这事，谅妻子也不敢。

刚才，素素显然看了刺激性视频或图片。王的屁股一挨上床，她就伸胳膊揽住了他的腰，两眼深情地问，"今天累不累啊！"

这句话是他们床上的情话。每当她想要王的时候，都会问这句话。

王看了她一眼，慵懒地靠在床头，摸了一下她的头发，没有回话。这时，素素把身子欠高，依偎在王的胸前。王知道她现在特别想要。但王却一点也没有这个心情。说实在的，素素算得上是个美女，高挑的个子，瓜子脸，头发是那种自来卷，丰胸肥臀。但这却让王提不起兴致来。

恋爱的时候，王还是十分喜欢素素的。素素是高中英语教师，大学时读英语专业，这让她比其他女孩多了些浪漫与风情。但从第一次同她共赴巫山后，就埋下了败兴的底子。结婚前二十几天吧，王去素素家里，正巧家里没有人，两个都没有经历过性爱的人，如鱼得水般互为迫切。但当素素轻云蔽月般呈现在王的面前时，王如饿鹿看到青草扑了过去。但没有想到的是，这头小鹿撞了几下不得入门时，突然蜡枪渐熔，软塌下来。

素素哪肯心甘，如渴羊被锁，拧着身体呼唤雨露。但任王几次努力，终银枪变绳，上不了战场。这一战刚开即败，两人沮丧至极。平静下来，素素安慰王说是因为太紧张，王也歉疚地懦懦点头。但真实的原因，王却没有告诉素素，真正的原因是那一刻，他突然想到了五岁前在玉米地里看到的一幕。但这件事，王一直到如今都没有给素素说过。

结婚后，每次开赴爱的战场王都像带病出征，拼命上阵。结果素素肯定不满意，王就找客观理由说，他是学解剖和后来验尸落下了病根。素素开始半信半疑，后来与闺蜜们交流后干脆根本不信，有时还不加掩饰的抱怨。

有一天，王拿回一份资料给她看，她叹气默认。这份材料上说，做妇科医生和从事尸验刑警的，百分之五十五不同程度的患阳痿早泄。这两种职业见到的女体太多太杂，久之便产生了职业厌倦，是一种隐性职业病。

那晚，素素春心荡漾，有一种如不得手誓不收兵的雄心。她开始按学来的经验，一步步导引、诱惑。王的身体在半个小时后才如蛇出蛰，探头望春。

素素已是心旌气迷，王也英气在眉，跃马挺身。王刚挺枪前冲，素素便娇喘连连，风卷旗飘了。

可是，没有几个回合，素素就感觉像往常一样，王又要马失前蹄、折枪败阵。素素的身体突然空了，如吊在半空中的蚯蚓，挣扎扭动，真是欲死不能、欲罢不忍，与王拼命的心都有。

正在这时，王的手机突然响了。王顺势从素素身上下来，拿起手机。见是局长要他立即去局里，如得了赦令的逃兵，迅速穿衣离床。

素素木木地坐在床头，望着出门的王，两眼深如枯井。

王关门的声音传过来的那刻，素素发疯似的把枕头扔在地板上，大声骂道：这个夼人，既当验尸鬼又学解剖，我真是倒八辈子血霉了！

大学时，王读的确实是医科临床专业。其实，高考时王在全校考了第一，他完全可以选择更好的大学，而不上这个五年制的医科大学。

王的功课很好。他除了学习还是学习，成绩不好是不可能的。高考前的模考都稳居全校前五名。那时，他自然成为老师和女生关注的热点，谁都知道像他这个成绩考取名牌大学是板上钉钉的事儿。

校长在高考前特别关照他，希望他能考取北大、清华等几所知名大学，为学校争光。他面对校长、老师、女生热切的目光，却变得更加腼腆了。高考前那段日子，他走进教室和走出教室，更加悄无声息，一米七五的人简直就是个影子，一晃就飘进了教室。

同学们偶尔抬头看到他的影子，都百思不得其解，甚至有些恼怒，你就装吧，不就是模考成绩好吗？但班主任却十分担心，怕他走火入魔，闹出啥事来。班主任就暗中给王唯一要好的同学下达了任务：密切跟踪和观察王的变化，发现异样立即报告！

班主任给这位同学下达命令的那一刻很诡秘，这位同学也很兴奋，似乎成了电视剧里的潜伏和盯梢。

事情远没有人们想象的那么复杂。

王顺利参加了高考，而且取得全校第二名的好成绩。校长和班主任高兴得比自己儿子考高分还高兴，王的分数可以报中国科技大学，这在县一中是几年没有的事。但出乎人们意料的事还是发生了：王不听任何人的劝说，执意报了长江医科大学临床专业。

　　哎呀，这孩子，这孩子！班主任捶胸顿足了半天，气得就差抡拳打王了，但王依然不肯改变。校长自认为是做学生思想工作的老手，也亲自出马，结果仍然改变不了王的选择。

　　王的母亲也被叫到学校，班主任和校长指令她去劝说儿子。母亲整整劝了一个下午，王还是非犟着不改志愿。任母亲再问，王都是那句话，这是我从小的梦想。再问，他竟一句话也不说了。

　　那天，他母亲真是恼怒了，一哭一叹地离开学校。

　　见此情景，班主任一句话也没说，校长狠狠地骂了一句，"朽木不可雕也！"便拍着大腿，快步走了。

　　王选择上长江医科大学临床专业，是经过深思熟虑的。

　　他最终目的并不是做临床医生，而是要报考政法大学的法医专业研究生。但这个秘密，他没有告诉过任何人，直到五年后他考取华南政法大学法医专业研究生，也没有人看出他当初选医科大学的本意。当然，也许后来也没有人真正想过这件事。如今这世界，每个人都压力山大，何况王就是一个普通的刑侦人员，谁还操他这闲心呢。

王的身上，确实是一个秘密很多、疑点很多的人。

这几年来，虽然看似我们两个无话不说，但关于他选择刑警技侦这个行当的原因，他却没有给我说过半句。有几次，我也是想问个明白，但他总是推脱过去。有一次我追问多了，他竟急了眼地给我留言说，知道别人的秘密不是一件好事，是十分危险的，甚至会为此而丧命！

王在很多的时候，好像又是一个率真的人。

他曾不止一次地告诫过我，不要奢望能全部了解他的秘密。但他说，对我的情况他是洞若观火，一清二楚的。

想想也是，他一定也掌握网警的手段，在网络上要想了解一个人，那真是举手可做的事。网警可是神通得很，如果你在网上做了不能容忍的事，警察或国安人员可是分分秒秒就可能出现在你面前的。也正是基于这种担心，我在网上虽然以心理咨询师骗骗人，但从没敢说过出格的话。

尽管如此，我还是觉得自己猜到了王选择这个职业的原因。

3

王消失后的一天深夜，突然在屏幕上现身了。我知道，他今晚又在单位值班。通常的情况下，他是在夜里值班时才给我交流。

我问他这些天又发生了什么事，屏幕上出现三个"衰"的表情图，停顿了几分钟都没有再说话。我猜测，他的情绪一定很低落。以我的经验判断，精神抑郁的前期病人多是这样子，低落、犹豫、欲言又止是基本的特征。

于是，我小心地试探着与他交流。

屏幕上，终于出现了王打出的字："他妈的，怎么会是这样呢？怎么会是这样呢？"

我安慰他说，不要着急，慢慢说。屏幕上仍然重复地出现那句话：怎么会是这样呢！

到底出了什么事，我也有些焦急。但我并没有再继续追问，我知道，我越是追问，他可能越是不说，甚至永远都不会再说了。王就是这样一个让人有点想不通甚至十分古怪的人。

又停了有一支烟的工夫，王又开始给我说话。而且，是那种不容分说的样子，不问我的感受，也不管我的插话，就自顾自地一直说下去。

他说，其实这件事原本是可以不发生的。错就错在，他没有把事情交给助手甘露办，如果交给她，这件事就不会引出这么多麻烦来。

甘露是王的助手，三十二三岁的样子，也是法医专业毕业的。女人干法医的本来就不多，但甘露不知道是怎么选择了这个行当。王曾经也问过甘露的，但她只是笑了笑，并没有直说。怎么说呢，甘露是一个有个性的女人，高挺的个子，一副典型的东欧美女窄脸，警服穿在身上，更显英气逼人。

王第一眼看到她时，心里就一颤，她一定是混血女孩。甘露确实具有东欧女孩的气质：鼻梁很长，侧面看过去有一个类似日本武士刀的弧度，鼻梁最下端的鼻头尖状朝前；瓜子脸尾部的下巴很尖，没有那种圆润的弧线，而是那种尖得可以钉进木板的尖；眼球的颜色在玉白色脸颊的映衬下，泛着碧色的杂光。这样的特征，显然证明她是混血的结晶。王相信自己的判断，而且从第一次见面后，就在心里喜欢上了这个女孩。

王对甘露是格外关注的，很显然这源于对她的喜爱。慢慢地了解到一些她的情况，甘露说她的祖上不在江南，而是开封城的一个大商人，但她自小就喜爱江南的碧水黛瓦绿山白墙，选择到这个城市工作正是出于此目的。她一开始也就对王有那种说不出的好感，细想想是那种兄妹之间的依恋，但也夹杂着说不清道不明的情绪。甘露三十岁才结婚，而且是那种闪婚类型的，她的老公是个富二代，家里开着一家化工厂。

结婚后的种种迹象表明，甘露也许并不幸福，或者说至少心里窝着一些说不出口的遗憾和无奈。这一点，王是十分清楚。尤其这两三年来，甘露渐渐地不再掩饰她对王的喜欢，先是眼神暖昧，不久就直截了当地向王表达爱意。王当然是立即拒绝的，他比甘露大十二岁，而且她是自己的助手。这样下去，结局是不可预测的。王虽然是当面拒绝，但心里还是不能拒绝的，谁说兔子不吃窝边草，窝边草往往最容易被吃，而且吃得知根知底。

王就这样绷着，但甘露却很从容，她也知道王与妻子的一些事，他心里的苦闷也不止一次给她倾诉过。虽然两人一直没有越过那一步，但甘露却跟王很亲近，那种亲近充满着爱情、体贴、理解与抚慰。

那天，王从局长手里拿到修慧英的血样，回到办公室时，脸色是凝重的。

甘露看得出王心里有事，而且压力不小。于是，她就主动来到王的身边说，有什么事可以让她做。王想了想，故作轻松地笑着说，就是一个血样比对的事，他自己做。但甘露判断事情绝不会那么简单，通常情况下，这类工作王是一定会交给她去做的，最多是他们两个人一起在实验室做。

但这一次，王拒绝了她，把自己关在了实验室。

王把自己关在实验室里，心跳得厉害。他担心修慧英真是艾滋病毒携带者。

焦城是艾滋病重灾区，这虽然是内控的信息，但王是清楚的。二十年前这里地下卖血猖獗，通过筛查，艾滋病毒携带者是个不小的数目。如果，修慧英的抗体真是阳性，即使卞恒义通过筛查没有感染，但艾滋病毒有窗口潜伏期，短时间内是不能确认是否感染的。

王当然希望，修慧英不是携带者。这样，事情就好办得多。

他关紧门，开始对修慧英的血样进行检测。

通常的HIV1/2抗体筛查方法包括ELISA法、化学发光法或免疫荧光试验、快速检测。王把所有检测流程操作完后，他惊喜地发现，修慧英的HIV抗体呈阴性。这样太好了，这么说来，卞恒义没有任何感染的可能性。

王感到心里猛地轻松下来。

第二天上午，局长把卞恒义的血样交给王时，王有把握地说："局长请放心，卞书记绝不会感染的！"

局长看了看王，不解地问："为什么这样说？万事皆有可能！"

王停顿一下，笑着说："修慧英的报告已经出来了，她的HIV抗体呈阴性！"

"啊！"

局长的身子放松地向椅靠背上一仰，随机又坐直腰杆说，"那也不可大意！认真检测。"

卞恒义的血样检测，很快结束了。

正如王的预料一样，根本不可能感染上。接触源修慧英都没有这个病毒，他怎么会有呢？

这天，王从局长办公室出来的时候心情很好。脚下的皮鞋像装了弹簧，走路时有一种压不下去的弹跳感。

他路过甘露办公室的时候，甘露分明是看到了他，但并没有像往常一样给他一个微笑或者深情注目，整个人疲蔫在办公桌前，木若塑像。王感觉到甘露有些不对劲儿。他在办公室里，喝了一杯水后，就给甘露发了个微信：晚上喝茶，碧云轩见。

甘露很快回复一个"谢谢"的动画表情。

碧云轩在南三环路的新区里，是一个很静的咖啡厅，里面也可以点牛排和意大利面，是那种混搭而有些调性的地方。这里生意很冷清，到这里来的人多半是生意上谈合作的，也有一些年轻的男男女女，说不清是为恋爱还是为情爱而来的，总之，这是一个很安静的场所。

这地方是甘露发现的，王第一次来也是她邀请的。王知道甘露喜欢这个地方，这里也相对隐蔽些，所以他就选择了这里。

甘露要杯玫瑰花茶，王点一壶生普洱。两个人喝了几口茶，相对看着，都没开口。王想了想，今天是自己主动约的，就开口说："说说吧，什么事让我们的露露不开心了。"

甘露笑一下，故作惊讶地说："没有啊，没有人惹本姑娘不开心！"

王端起茶杯，注目着她，小心声说："别忘了，本人是神探！"

"我怎么没看出来呢。"甘露给王加了茶，又接着说，"你答应给我坦白你的经历，可一直不兑现！"

"这很重要吗？"王望着甘露的鼻梁，想把话题绕过去。

甘露有些认真地说，"真的很重要，我在你面前可没有秘密的。"

"啊，那你告诉我，今天下午为什么神情反常。"王追问道。

甘露沉默一会，端起茶杯，喝了一大口，然后才说："嗯，我昨天去民政局办了离婚！"

王惊讶地望着甘露，端起茶杯喝起来，动作有点变形，很生硬也很乱。

这时，甘露笑着说："这跟你没有任何关系。别紧张。"

"啊，我，你，你怎么办事这样突然？"王说。

甘露又笑了："突然吗？你应该感觉到一点都不突然。我的事，可是早就跟你说过的。"

"啊，啊，也是。"王想起他们以前的交谈，就应和着。

"还是说说你的身世吧，你以前承诺过的，我想知道。"甘露盯着王的眼睛说。

甘露给王面前的壶里续了开水，王掏出一支烟，点上，开始回忆。

王说，他其实是一个内向而胆怯的人。从上小学，他进教室时就像一只游荡的猫，低垂着双眼，悄无声息地走进来走出去。

王说，他对这个世界是恐惧的，这恐惧来自一次特殊经历。在他四岁的那个夏天，他走在两边都是玉米地的路上，突然被一个自行车上驮着筐子的中年人按倒，狠狠地打了几拳，要不是有人路过，他说他肯定是要被那人打晕驮走的。

但性格之所以是现在这样，更是源自心里的自卑，这自卑的根子是父母亲的离异以及他五岁前所经历的事情。

他给甘露说，自己原本在淮北某个小村庄出生，父亲是大队里的书记，母亲就是一个农村妇女。在他五岁的时候，母亲就带着他嫁给了现在的继父。继父在小镇的供销社当营业员，年纪比母亲大十几岁，腿有些毛病，走路一拐一拐地，人们都叫他"拐子"。

说到这里，王又点上一支烟，显然他心情很沉重。吸了几口烟，他又接着说，继父对他和母亲其实都不错。在他读高中的时候，继父常常到学校给他送钱和吃的东西，生怕王吃不好，身体受了亏。

那天，甘露还想知道他母亲为什么带着他嫁到南方，但被王把话题绕开了。他说，那时他年纪小，父母的事真是记不清。甘露想想也是，五岁的孩子真的记不住太多的东西。

但是，王其实是没有给甘露说实话。他心里有件事没有给她说，那是关于他的父亲与母亲、小姨之间的事。一是家丑不好外扬，再者，王觉得现在自己心里还不愿意给甘露说。

也许有一天，他会主动说的，但不是今晚。

4

那次，我与王聊到凌晨的时候，他突然感叹说："这世界真是阴差阳错，许多事情的逆转，就源于人的瞬间想法！"

我知道，这个时候其实是不需要我多说什么的，王会自己给我讲。

那天晚上，王与甘露在碧云轩喝茶到十一点钟。本来两个人都是要回家的，经过公安局的时候，他下了车，他说他要去办公室一趟。

为什么还要去办公室呢？王说当时他是没有啥目的，就是想去办公室坐坐。现在想来，也许冥冥之中有一种神秘的东西指使着他。

王曾经给我说过，像他这样办案的人，虽然不信鬼神，但相信世界上有许多神秘的东西，因为不相信这种神秘的力量，许多事真的不可思议。这些年，他跟我聊了许多起神秘的案件，甚至有几个人命案的告破就是靠一种看不见的机缘指使和暗示。

是啊，现在的人太狂妄了，以为了解世界的一切。王说其实不然，在这个宇宙中人类能感知的其实极少，也许有另外的世界和通道，只是我们不知道罢了。他说，现在回想起来，那天晚上一定是受到神秘意念的指使，他甚至认定是地产商续大强的魂灵所牵引。这是后话。

王下车走进公安局大门，看门的老酒好像刚喝了不少酒，就问他这么晚了怎么还去办公室。王笑着说，老酒啊，你真对得起祖上这个姓氏，天天晕乎乎的，神仙也不过如此。老酒就笑着说，在这里看门好，喝多点没事的。这里轻易没人敢进，更没谁敢来找事。

王打开办公室门，心里还在想，像老酒这样的人生真的挺好。

倒上茶，点着烟，吸着吸着，王就想到了上午的检验结果。

被定为政治任务的差使，没想到竟这样毫不费神地完成了。静下来的王，突然有一种失落。就像一个武林高手，正准备在与对手的决战中施展绝技，没想到对手竟不是武林中人，根本不堪一击。

王心里痒痒得难受，一种想再做点什么的念头涌出来。

再做点什么呢？王想了想，突然生出将修慧英与卞恒义两个人进行DNA基因比对的想法。

这种突发奇想，连王自己都吃惊了。给他们两个人做亲子鉴定，肯定是一件毫无结果的事。一个是底层的农妇，一个是外地调来的市委书记，他们怎么可能是一对母子呢？

王虽然这样想，但还是决定要做一下。其实，这是王心中的隐私。他经常用职业的便利，对一些毫不相干的事进行推测。说是职业嗜好吧，也不尽然，到底为什么这样做，连王自己都说不清。

王从办公室出来，他要立即到检验室里去。

检验室里，王重新将修慧英和卞恒义的血样找出来，开始检验和比对。

让王没有想到的结果出现了：卞恒义与修慧英是母子关

系的概率，竟高达 99.99%。

王不敢相信眼前的结果，紧张得心都要跳出来了。

他颤抖着手，再次提取样本细胞核中的 DNA，纯化，酶促反应、在 PCR 仪上进行复制，将双链的 DNA 打开，加检测内标，标记检测的片段长度，毛细管测序仪检测，分析数据——结果汇总后，与刚才还是一样。

王的心跳得更加厉害了，整个人都有些颤抖。他长呼几口气，想让自己镇定下来，但总是做不到。

一个多小时过去了，王渐渐平静下来。他决定再做一次。他重复着以往熟练的动作，一步一步地操作。结果出来了：依然与前两次一模一样！

他突然瘫软在椅子上，脑子里乱成了一团麻。

王怎么也想不通，修慧英会与卞恒义是母子关系。他们身份天差地别，而且籍贯又有千里之隔，怎么会是母子呢？他希望自己做的检验是错的，或者仪器出了问题，不然是解释不通的。

更让他揪心的是，如果检验和比对结果没有出现差错，那么接下来的事他该如何处理？很显然，他把这个结果公开出去或者说告诉修慧英，都是要引起轩然大波的。如果，他把这个结果告诉卞恒义，结果又会如何呢？卞恒义肯定是不会接受的，甚至为了保住这个秘密会对自己下狠手的。他一个市长，如果真的决定要保住这个秘密，王想，自己的生命可能会出现危险，甚至保不住。

这样的事情，王知道得多。不少看似普通的人命案，比如车祸、比如因病猝死、比如自杀等等，其实内里都有阴谋。有时，卷宗上就能表现出来，更多的时候案件的线索是被搁置了，只要案件破了，给社会和家人有一个交代，并不是对所有疑点和线索都会追查的。

在刑侦这个行当干二十年了，王经手的案子里就有太多的秘密。

也正是这个原因，这几年王心里的压力越来越大，这压力来自于自责和恐惧。王对自己的要求其实并不高，他并没有要求自己做一个完美的人，比如他与甘露的情感问题。如果用做人的完美标准来衡量，他就不应该与她保持暧昧，但他认为这种感情发自两个人的内心，虽然想摆脱但终是不可能的。

王对自己的底线是做一个有良心的人。良心的最低标准，就是正直、无欺，不欺骗别人也不欺骗自己。但这一点，他现在却做不到。人活在世界上，要说自由也是自由的，但如果被一种东西所牵扯，哪怕是一件极小的事牵住，就不会再有自由了。比如现在，王觉得自己就被无数条看不见的绳索捆绑着，职业要求、纪律规定，尤其是心里深处的担心和忧虑让他不敢说明真相，甚至不敢去碰真相。真相比表象要诡秘和危险得多，尤其王看到的是真相。

确切地说，王真正感到害怕和担忧，是从续大强案子开始的。

两年前的秋天，开发商续大强在住处死后三天才被发现。他妻子和儿子都在国外，他为了爱民广场的项目，一个人在谯城居住。王和同事赶到现场后，续大强躺在客厅的沙发上，脸色乌青，表情痛苦。茶几上有一个茶杯、一包抽了大半的软中华、烟缸里是东倒西歪的烟头。

从茶杯里提取的残留物检验，里面含有丙咪嗪成分。丙咪嗪是治疗抑郁症的常用药。从续大强的住处也找到丙咪嗪的药瓶和医院的诊断病历，加上胃检报告显示他死前喝了不少白酒，从这些就可以初步判断他是服药过量，引起心脏猝死。后来，又从医院补充取证，两家医院的诊断记录表明，续大强确实在一年前就患上了轻度抑郁症。

按说，像这样服药过量猝死不属于刑事案件，但续大强毕竟是市长卞恒义招商引进来的，而且爱民广场刚投入使用两个月。他的死还是引起了社会上不少的议论，甚至有人议论这是一起谋杀案。卞恒义亲自过问，在详细听取专案组汇报后，决定向社会公开续大强的死因。后来，议论才慢慢淡下来。

但这中间，王却发现了一个秘密。这秘密的发现，也来自于他在检验室里的一次检验：从烟缸里的烟蒂上，他检测出有续大强之外的人留下的烟头！

　　这个人是谁？续大强的死，跟这人有多大关系？这两年来，王一直没有停止过思索和担忧。他觉得这里面一定另有隐情，或者说另有阴谋。

　　王把这事压在心底，一直没有给任何人说过。现在，又出现了修慧英与卞恒义疑似母子的怪事，他觉得有一座大山压在自己身上，喘不过气来。

　　王一夜没睡。天亮了，仍把自己关在办公室里，除了中午到食堂吃一点东西，一天都没有再出门。

　　快到下班的时候，王好像快要爆炸一样。他给甘露发了条短信：晚上去碧云轩！

　　甘露很不解，昨晚刚在那里喝的茶，他今天怎么又主动约自己呢。这在以前可是从来没有过的事。于是，她给王回了条短信：为什么？

　　过了半个小时，王才回复：有件重要的事要给你说！

　　王确实准备把修慧英与卞恒义疑似母子这件事，以及续大强案子的疑点给甘露说的。他能给谁说呢，现在最信任的人就是甘露了。

　　但是，到了碧云轩，要了酒菜后，王却改变了主意。他还是决定这些事不能给甘露说，这是对自己负责，也是对甘露负责。

两个菜端上来，王倒满酒，端起来，对甘露说："喝了！"

甘露也是能喝几杯的，但平时并不喝，只是与王在一起的时候才喝，而且大多的时候是替王挡酒。

王平时是不喝酒的，而且酒量也小，也就二两的样子，醉意就很浓了。

但今天，甘露却觉得他有些反常，一杯连一杯地喝。也就半个小时的光景，王就有了醉态，不停地抽烟，并不说话。

甘露急了，就追问说："你不是说要给我说事情吗？怎么疯了一样地喝？"

王突然笑着说："没事，没事，就是想跟你喝点酒。"

甘露更是不解，她觉得王一定是有大事瞒着自己，或者现在改变了主意，又不想告诉自己了。于是，她就生气地说："你不说是吧？好，我陪你喝个醉。你不就是想喝酒吗！"

两个人，你一杯我一杯地对喝起来。

王终于醉了，甘露虽然也喝得不少，但她心里一直是清醒的。她趁着王的酒意，就问王到底发生了什么事。

王虽然醉了，但仍有一些警惕，只东一句西一句地说到续大强的案子，说到卞恒义和修慧英，并没深入地说下去。

尽管这样，甘露还是明白了一些：他心里一定窝着不可言说的秘密。

甘露心里隐隐地担忧起来。

5

修慧英和卞恒义的事情，确实在王的调查下，越来越复杂。

这是我的推测，后来也从王与我的聊天中逐步得到印证。

王与甘露喝醉后的第三天，他最终还是拿定了主意，首先要把修慧英与卞恒义这件事告诉甘露。他这样做是出于两方面的考虑，一是老压在自己心里实在是受不了，更重要的是假如这件事是真的，他有可能会发生不测，如果真有那一天，他不希望没有人了解真相。

给甘露说，虽然有可能会给她带来麻烦，但不至于像自己一样会有生命危险。再者，如果自己真有不测，甘露也许可以帮他找到凶手的。

那天，他给甘露说卞恒义与修慧英母子关系的概率竟高达 99.99%，甘露也愣了几分钟没有说话。她对这个比对结果立即产生了怀疑。

"怎么会是这样呢？"甘露不解地说。

王手指夹着烟，也在自语道："怎么会是这样呢？如果是我做错就好了，如果是我做错就好了。"

甘露见王焦虑的样子，就故作轻松地开导他："怕什么呢？就当没做，不跟别人说就是了！"

王痛苦地说："那怎么可能。我必须弄清楚事情的原委。咱是一个破案的警察，在我们手上隐瞒，就没有真相了！"

"你呀，何必呢？这个世界不为人知的事太多，你能管得了吗！"甘露劝王不要再执拗下去，就当没有发生。

但王说，他必须去省厅再做一次，如果做出来的结果仍然是这样，那就必须调查下去，弄清事情的原委。

最后，甘露说："我先来再重做一次吧。如果还是这样，那你去省厅也不晚。也许你做错了！"

王同意了甘露的提议。第二天上午，他们到检验室重做。

结果依然与原来一样。甘露也十分吃惊，她已经没有理由阻拦王去省厅重做。但她还是不放心地叮嘱王，此事一定要保密，等结果出来后再说。

王怕这事漏了风，没有让局里派车，而是说家里有事请假后坐公共汽车来到省城的。

到省厅的时候，已是下午五点多了。他把取样交到技侦处时，处长说如果不急就明天做吧。王听出来处长今天是不想安排加班了，就说不是刑事案，就明天吧。临出来的时候，王又说能不能明天一早就做，做出来我就带走。处长笑笑说，就按你说的定。

厅技侦处的一个兄弟见到王，非要晚上请他喝酒，但王以与同学约好了而拒绝。他不想跟别人喝酒，而是想让自己安静下来。现在他的脑子乱，思绪纠结、飘忽不定，他确实需要安静。

晚上，他到"城市之家"快捷酒店住下来。他本来是不打算吃东西的，但想了想怕晚上睡不着，就到对面的小酒馆要两个菜和一瓶三两装的古井老烧。这种酒酒精度是六十度，他喝过一次，一瓶下去他这酒量正好进入醉态，倒头就可以睡的。

王这天夜里果真睡得很快。但半夜的时候，他突然做了一个梦：眼前是一条一眼望不到头的黑色通道，偶有鬼火一闪一暗，一个身影从通道尽头慢慢向他走来；王的心紧成一团，他不知道向他走来的是什么人；身影越来越清晰，原来是续大强；还没等王说话，续大强扑通跪了下来，口里大喊：谋财害命，谋财害命啊……

王被惊醒后，身上汗淋淋的。他虽然知道是一个梦，但再也睡不着了。思来想去，他预感到，明天检验的结果一定不是他想要的。

上午十点结果出来，果如王夜里预料，厅里给出的结果与他自己做的完全一样。这就是说，修慧英和卞恒义母子关系已经确定。

接下来该怎么办呢？王打车到汽车站，车站里乱哄哄的，多半是外出或回家的打工农民。玉米该收了，麦子该种了，不少人开始短暂地返乡。王看着这些人，脑子里就蹦出自己经历过的一个个与农民、车站关联的案子。

省城离王所在的小城也就三个小时车程。快到小城时，心里矛盾了一路的王，最终还是决定给甘露发个信息，他要见她，与她商量如何办。现在王真是没有主意，他心里纠结成一团，犹豫、恐慌、惊悚、虚弱。

甘露爱好骑行，接到信息时，自己正在十九里镇一块玉米地的小路上骑行。就立即给王回了信息，说马上骑车回去。这时，王坐的客车也即将到十九里镇了，就回复说："你在那里等我，我正好下车过去。"

甘露想了想，就回复说："也好。"在田野这样的环境中，王的心情也许会更好些。

玉米地就在镇子的南边，也就一公里多的路程。王很快就与甘露见面了。王见到甘露就说："怎么办呢？果真是这结果！"

其实，甘露心里已做好了打算，她想让王放松一下，慢慢说服他放弃这件事。于是，她就笑着说："你怎么这样不淡定了，碎尸万段的事都见过，这点小事就把你弄成这样子。走，我们到里面走走。"

玉米就要收了，叶秆也由青变黄，硕大棒子上的缨子变得火红，微风阵阵，金黄的玉米甜香弥漫。王和甘露推着自行车走在两块玉米地的小路上，就如走进金黄色的童话世界。两个人都不再说话，都沉浸在这眼前的美妙中，静静地向深处走着。

这片玉米地很大，走了两百多米才到中间。这时，甘露说："这里真好，我们坐下来聊一会吧！"

甘露把自行车放倒，他们就在小路边坐下。王还是想给甘露说那件事，但甘露却靠在王的身上说，"抱抱我吧，我好想就这样放松自己。"

王不再说话，一只手抚摸着甘露的长发。这时，甘露转动身子，把脸贴在王的胸前，搂住他的腰。随着她喘气渐粗，丰硕的两乳也一紧一松地撞击着王。望着眼前的玉米地，王突然想起五岁时看到的那--幕，他像被压了一亿年的岩浆，终于冲了出来。他忽然起身，抱着甘露向玉米地里走去。

　　甘露被王的举动吓了一跳，但她马上就明白将要发生什么了。这也是她渴望已久的事啊，她的心里也燃起了烈火。王把她放下来，就急切地解自己的腰带，甘露回头望了一眼王，也慌乱地把自己的裤子从臀部拉下来。

　　这时，王猛地抱住甘露的腰，身体如脱轨的火车头向前方冲撞过去；甘露扭动腰身迎合着冲撞，越是扭动，越是被冲撞得厉害；一阵风吹过，玉米的棵和叶沙沙作响，如战场尽头将士厮杀的呐喊。不知过了多久，王啊的一声大叫，如得胜的战将发出的欢呼。

　　这是王一生从来没有过的，甘露软在王的怀里，微眯着双眼，像是刚还魂过来一样，一声一声地喘着气。此时，王的眼前突然闪现他五岁时看到的那一幕：青绿的玉米地里，父亲双手抱着小姨的腰，如推动着一辆独轮车，一步步向深处移动……

　　甘露终于有了力气，她起身整理好衣服，又抱住王的腰，把脸埋在他的胸前，低声说：听我的，这事咱别再追下去了！

　　王用力搂住甘露的肩，没有说话。此时，他的思绪仍在父亲与小姨和母亲身上。玉米地里那场景，纠结了王的半生。如果没有父亲与小姨的奸情，母亲就不会带着他远嫁到江南；如果不是那次偶尔看到玉米地里那一幕，他的身体就不会像疲软的荆条，以致整个人在妻子面前都抬不起头来。

人啊，一次瞬间的经历就可以改变你的一生。

王想着想着，思绪又回到修慧英、卞恒义、续大强身上。自己的一个举动，是不是也会改变他们的命运呢？

王在心里认定，一定会的。他相信，只要自己继续追下去。

6

晚上，王回到家时，妻子素素并没给他好脸子看。

昨天他去省城前，只给素素发了条短信：上案子了。素素已经习惯了王的生活，只要有案子发生，他要么给素素打个电话，要么就发条短信，只要说"上案子了"，那就是说，也许两三天也许五六天也许半个月不回来了。

但这次只隔一夜就回来了，素素还是觉得有些蹊跷。一般情况下，只有出了人命案王才去的，只要去了就不会一两天就破的。这个案子怎么这么快就破了呢？素素吃饭时，就想问问王。

王支吾着说，不是人命案，但也没有破掉。素素就不再说话，一边看电视一边喝着汤。王看着素素，突然觉得她今天特别漂亮，他一边吃一边回忆他们认识时的一些情景，一种说不清的感觉袭上心头。

王今天吃得很慢，素素喝完汤，见王仍在吃，就起身坐在了沙发上。电视里，正在播放王宝强一帮人参与的《兄弟向前冲》节目。

王吃完后，就起身收拾东西，端进厨房开始涮洗。平时，他一般是不进厨房的，但今天说不清是为什么，他竟有一种想涮洗的欲望。素素瞅一眼厨房里，王正勾着头仔细地涮洗着，心里想这个人今天怎么了。

王收拾好厨房，又烧了一瓶开水。他给自己泡一杯茶，也给素素泡了一杯茶。素素心里生出一片暖意来，就微笑着说："今天你是怎么了？"

"没什么啊。我突然觉得干点家务其实挺好的。"王笑笑。

素素望着他说："没做啥亏心事吧？来，陪我看会儿电视。"

王坐在沙发上，其实并没太在意电视里播的是什么。卞恒义、修慧英、续大强、甘露、父亲与小姨，这些人走马灯一样，在他脑子里晃来晃去。素素倒没有注意到他的心事，见他瞪着眼看电视，心情就越来越好。她偎在王的身上，温柔地说："刑警这活不是人干的，太辛苦。其实，我也挺心疼你的。"

　　素素的话，把王从纷乱的思绪中拉了回来。其实，王虽然瞪着两眼看电视屏幕，但他的心是乱糟糟的，已游离远方。

　　他眼前又出现了玉米地的画面，他与甘露、父亲与小姨。这时，王突然有了想要素素的冲动。他小声地说："咱早点休息吧！"素素看看王，知道这是他的暗示，就欢喜地应道："好啊！"

　　让素素没想到的是，王今天在她面前一改往日绵羊的形象，像一头发疯的公牛，根本不管素素的求饶，只顾冲过来冲过去，让她受不了。这人是怎么了？真吃了药吗？以前也吃过药，可也没有过这种情况啊。素素只瞬间想了一下，就被王掀翻了身体，她不知道王到底要做什么。

　　茫茫世界上似乎只剩下他们两个人，在奔跑，在狂呼，在撕咬，在扭曲。不知过了多长时间，素素突然感觉到自己化作一片云，轻飘飘地飞向高空。

　　世界又寂静下来。素素躺在王的怀里，欣喜地喃喃道："老公，原来你也可以让我飞起来！"

　　听到这话，王心里猛然一凉，"你也可以让我飞起来"。这么说，她是有过飞起来的经历。但王知道，在今天之前，他肯定是没有让她体验过飞起来的感觉。这么说，她一定跟别的男人好过！

王想追问素素，还是忍住了。毕竟就是一句话，而没有任何证据，但他的心却凉下来。

顺着妻子素素暴露出的这个疑点，他又突然想到几十年前的那个夜晚：母亲分明是去了城里，怎么半夜竟回来在床上抓住了父亲与小姨呢。

那晚，他睡在自己的小床上，当他醒来的时候，小姨光着上身在床上嘤嘤地哭，父亲坐在床头，一边抽烟一边大声地对母亲喊："谁让你回来的！谁让你回来的！"

这个世界上的秘密真的太多了。王感觉到，自己经历的无数个秘密，像一个巨大的黑幕死死地包裹着他。

经过十几天的犹豫和反复，王最终没有听甘露的劝阻，还是决定首先从修慧英与卞恒义入手调查。

修慧英现在还关在拘留所，直接去问她显然是不行的。他把修慧英是不是有过儿子丢失或者送人的事，交给甘露秘密调查。自己则决定按卞恒义履历表上的籍贯，去福建的柘荣调查。

去福建至少要花三五天时间，何况这是秘密调查，调查的对象是市委书记卞恒义，找当地公安配合肯定是不行的。以卞恒义现在的身份，在老家也一定影响很大，而且熟人很多，各个地方也一定有不少他的关系。如果稍有不慎，就会前功尽弃，甚至节外生枝。

王又等了一个周末，终于找到机会。他请了三天假，加上周末两天，五天的行程应该是可以的。

临出发的那天晚上，甘露再次把王约到碧云轩，她想最后一次劝阻他。王却像奔赴生死未卜的战场一样，话语里充满悲壮。他给甘露说，自己做好了准备，而且坚定了想法，一定要把卞恒义查个清楚。

那天，他也给甘露提起了续大强的案子。他说，直观感觉续大强的猝死，隐藏着秘密，而且这个秘密极有可能跟卞恒义也有关。

甘露担心得要命，劝王说："你这样做后果真是不好说，何必呢？再说了，如果你真喜欢我，你就不应该这样做，或者不应该给我说。你让我知道这些，让我以后如何面对？我们在这行当经历的事还少吗，如果真的出现了什么不测，你就把我也牵进去了。"

甘露故意这样说，她是想以此阻止王的行动。

王沉默地抽了两支烟，才开口说："露露，我不是想当英雄，更不想害你。但我不能面对这么多秘密被淹没，不能对不起我这身衣服！"

甘露知道王平时的执拗，但没想到自己的话对他一点作用也起不到。她心里充满了失望和无奈。但细想想，对王也有一些理解，他是男人，男人就应该有些血性，尤其做警察的男人。在心底，她是喜欢这样的男人。

王坐上了去福建的火车。这列高铁被称为最美线路，沿途经过黄山、婺源、武夷山，车窗外每处都风景迷人。

但是，王却丝毫没有欣赏车窗外风景的兴致。一路上，他都在围绕卞恒义思来想去。过武夷山站后，王想到了续大强那个案子。他从续大强家提取的烟蒂检测表明，那天晚上有两个人抽了烟。也就是说，在续大强死前有人进了他的家，这个人应该与他十分熟悉，不然，不会坐下来抽烟。这样推测下去，这个人会不会趁续大强不备在他茶杯里下了药；如果下的药是高纯度的丙咪嗪，续大强喝后就会出现心动过速或过缓，就可能引起心脏停搏或休克。

其实，这个人是十分容易找到的。只要把烟蒂上留下的皮细胞 DNA 检测结果，与目标人群比对，这个人就会立即现身。

但是，让王遗憾的是在他发现烟蒂秘密时，续大强的案子在卞恒义的过问下，已经结案并向社会公布。这就是说，要想翻案几乎已经没有可能了。局里不会同意，卞恒义也一定会出来阻拦。

这么想着，王就坚定了自己的判断：续大强之死一定另有隐情。

续大强是卞恒义引来的商人，社会上一直在传，他们在爱民广场项目上的勾结。不仅如此，王也听到社会上在传那个与续大强合作的朱青，其实就是卞恒义的情人。如果把这些信息与续大强之死联系起来，那么，一定有一个更为复杂的内幕，甚至可以联想到，续大强之死是卞恒义一手策划的。

　　王越想心里越害怕。他感觉，一张无形的网就布在自己眼前。

7

　　去福建调查卞恒义的身世，颇费了一些周折。

　　这是王后来在网上告诉我的。他说真没想到，一个人仅当了个市委书记，就会有那么大的影响，尤其是在故乡。

　　王从福安下了高铁，坐客车就直接去柘荣县城。

　　县城卧在高山里，四面环翠。一条环城而过宽约五丈的缓河，与四面的环山形成山水两个圆，干净的老街弥散着明清时代的气息，安谧静好；街上走过的市民见陌生人也不惊奇，也不戒备。王走到一座老房子前，被古旧的木楼、天井吸引，信步走进去，坐在门旁的老人抬起眼看看他，又继续抽烟。

王弯下腰，问老人："老人家，你可听说过卞恒义这个人没有？"

老人扭着右耳仔细地听后，就笑着摇摇头。这时，王觉得自己有些太心急，这样一个七十多岁的老人，根本就不可能知道的。

王找了河边一个家庭宾馆住下。

洗把脸，抽了一支烟后，就出来给老板娘聊天。王说的普通话老板娘能够听懂，但老板娘当地口音很重，他就听不太明白了。绕来绕去，王把话题绕到卞恒义身上。老板娘说，没听说过这么个人，她自小就生活在县城里，对乡下的事不太清楚。

王有些失望，正准备回房间。这时，老板娘的儿子从外面进来了。老板娘用当地话给儿子说了一阵子，这个三十多岁的年轻人，突然大声对王说："你说的是那个卞恒义啊，我知道的，我知道的，听说他当了市委书记。老家好像在一个叫霞村的地方！"

啊，这年轻人竟知道。王就掏出一支烟递过去，年轻人不抽烟，但还是很热情地说："这地方出个这么大的官，哪有不知道的。"

王又要更详细问下去，年轻人突然警觉起来："你是干什么的？打听他干吗？"很显然，年轻人对王产生了怀疑。

"我就是他当书记那个市的人，来买草药的，听说卞书记老家在这里，就顺便问一问。"王立即应付道。

年轻人审视着王，皱着眉问："你打听他干吗？你的身份证呢。"显然，他对王更加怀疑，他猜测王很可能是来调查卞恒义的。

年轻人边说，边翻看柜台上的登记本。认真地看了看王的登记内容，就对王说："还是少打听别人的事好！"

王懦懦地点头。

让王没有料到的是，凌晨一点的时候，两个民警敲开了他的房门，说是例行检查，让王出示身份证。王为了破案常化装走访，当然作了准备，他是用另外一张身份证登记的。一个民警接过王的身份证，放在身份证验证器上，认真地看了看，才对王说："不好意思，打扰你了。"

王知道，这个地方不能住了。第二天一早，他就退了房，租辆出租车，到霞村去。

在靠近霞村的一个小山村前，王就提前下车了。他怕直接到霞村，更会引起人们的注意，还是先侧面介入为好。

王以收草药商人的名义，到霞村侧面了解，但一个村的人都说卞恒义是父亲卞常明的亲生儿子。只是，卞常明和他老伴六七年前都已死了。

最终，王还是在霞村所在的富溪镇打听到的。

卞恒义确实是个养子，是两岁多的时候被抱过来的。从打听到的信息推断，他应该是养父从人贩子手中买过来的。当时，他养父母都四十多了却一直没有生养。那时，福建农村从人贩子手里买孩子是很多的，并没有人觉得有什么大不了的。卞恒义的养父卞常明是公社粮站的站长，在当地算是好的人家。

卞恒义大学毕业后，离开福建到了距离遥远的安徽工作。这其中的原因到底是什么？王进一步推测，卞恒义一定知道自己养子的身份，才不愿意回到福建工作的。这么说来，卞恒义对自己的身世是充满忌讳的。

王从福建回来，就把这个情况给甘露说了。其实，甘露也从侧面了解到，修慧英确实是丢过一个男孩，大约男孩在两三岁的时候，在家门口被人抱走的。

两方面的证据吻合在一起，加上DNA的比对，修慧英与卞恒义的母子关系是板上钉钉，稳稳的事了。但在甘露看来，即便这已是事实，也无非是无意间窥见了卞恒义身份的秘密，这又有什么意义呢？

但是，王不这样认为，他说："怎么会没有意义？让一对骨肉分离五十多年的母子相认，难道没有意义吗！"

甘露还是想阻拦王，就生气地说："难道你仅仅是为了让他们相认吗？你觉得现在的情况下，卞恒义会认下这个母亲吗？"

王疑惑地望着甘露："母子相认，这难道不是天经地义吗？"

"天经地义的事太多了，但如今又有多少事是按天经地义来的？"甘露以质问的语气问王。

沉默足有几分钟。王终于开口："即使他卞恒义不愿相认，我也要让他知道这个真相！"

"你让他知道真相有什么意义？你难道想以此取得书记大人的感激，咸鱼翻身，得到提拔？"甘露想用狠话把王激醒。

没想到王十分生气，用手指着甘露说："我是那样的人吗？你知道的，他们背后还有爱民广场，还有续大强的猝死！"

"我就知道，你是这样想的。听我一句劝行吗？你为什么非要捅这个马蜂窝。难道你就真的不计后果？"甘露气得把茶杯重重地掼在茶几上。

空气凝固了。甘露望着头顶上的天花板，嘟着嘴，不再说话。

王面对甘露的沉默，声音颤抖地说："他卞恒义知道真相后，即使不会相认，最起码会很快把他的亲生母亲和妹妹放出来吧！"

看来，王对这件事已经过千百次思考，他是认定要这样干了。要想制止他的想法几乎是不可能了。甘露心里更难受了，她知道这样做的风险，私自给市委书记做亲子鉴定，私自调查市委书记的身世，而且掌握了他的秘密，这真是十分危险的一件事。但现在，她却无力去制止他。

　　甘露想着这些，焦急地流下了眼泪。

　　这次他们相见，不欢而散。分手的时候，甘露最后提醒王："我希望你一定再慎重考虑，不为我，不为你自己，但你也要为自己的孩子考虑一下！"

　　甘露的这番话，确实触动了王。是啊，他女儿正读初中，如果自己这样做没有把卞恒义扳倒，那他一定会报复，一定会给孩子带来影响的。

　　王这一天没有回家，而是在办公室的行军床上休息。他怕回到家，看到可爱的女儿他会退缩，会改变主意。

　　一直到凌晨，王都不能让自己入睡。他越是努力让自己安静，心里越乱得很，两眼越不能合拢。这时，他索性起身，走到自己的保险柜前。他想把那些烟蒂找出来，趁着夜深人静再做一次检验。他心里希望这次检验能推翻上次结果，烟蒂上留存的皮细胞是一个人的！

　　王打开保险柜时有些犹豫。停了足足有五分钟，他都没有伸手去拿那两个装着烟蒂的物证袋。此刻，王在心里是多么希望：烟蒂的疑点不存在！

如果是这样，他就决定听从甘露的劝说，不再追究修慧英与卞恒义母子关系的事，就让这个真相永远埋在心底。

想到这些，王双手合十，对着柜子里的物证袋，揖了三次。

8

深夜的房间，空旷寂寥。

工作台上方的高强度日光灯，泛着煞白的光。咚、咚的声音激荡着王的耳鼓，这是什么声音啊？他凝神寻觅，最终才明白这声音是从自己的心房里发出来的。这时，他又听到了由肺部发出的呼吸声，而且格外粗重。

他一边看着物证袋里的烟蒂，一边在想，这些年，"DNA 鉴定技术"发展得真是太快了，令人难以置信。

2000 年后，第一代"DNA 图谱"技术，就被"荧光标记多基因座 STR 复合扩增检测"技术取代。相比从前，这项技术仅需要少量模板 DNA，就可以满足各鉴定需求。

王屏住呼吸，望着眼前的仪器和物证袋，又停了足足有半个小时，一动不动。他在心里斗争着，现在如果放弃原来的想法，一切就像没有发生过；如果接着做下去，也许很多事情都会由此改变。但是，最终他还是决定要做检测。

第一个物证袋中有九个烟蒂，王以前做过比对，这是续大强留下的；第二个物证袋中有三个烟蒂，这是另外一个人的。现在只要把另外一个人留下来的烟蒂重做一次，然后与朱青的"DNA"进行比证就行了。

他剪下烟蒂外圈的水松纸，放进清水。接着，滴入"chelex"试剂。试剂就自动寻找水松纸分子和嘴唇上皮细胞的蛋白质，将它们紧紧缠住，细胞里的DNA被剥离后，沉入水中。

把提纯后的DNA放入PCR（聚合酶链式反应）仪器中；再加入智能剪刀一般的"引物"，"引物"就会剪取已设定的片断，让仪器进行上百万次的复制，得到大量目的DNA片段。

经过编码和电泳处理后，计算机软件上，就显示出这个人独一无二的"生物密码"。

朱青的细胞样本，王在发现烟蒂残留细胞样本不一样时，就秘密采取了。那时，他是根据社会上的传言，把朱青列为续大强的特定关系人的。他通过秘密手段，采取了朱青的一根头发。但当时由于他拿不准，而且，续大强的案子已宣布结案，就没有再进行比对。

现在，他得把朱青的头发再做一次DNA实验，把得出的数据与刚才做的烟蒂数据，进行比对。

他又剪下一小段朱青的头发，按刚才的步骤，一步一步小心地做着。

这时，王心里紧张得要命，他一边做，一边担心，如果生成的数据与刚才烟蒂上的数据一样，那自己就没有退路了。

数据终于出来了。两组数据在电脑上比对之前，王再一次犹豫了：如果不进行下一步的比对，这两组样本就不会发生联系，他所不愿意看到的结果就不会出现。

但开弓没有回头箭，都走到这一步了，下一步比对是一定要做的。

王把这个"密码"输入电脑，刚一按电脑的确认键，电脑就响起了嘟嘟的警告音。

啊，王虽然多次想过这个结果，但他还是被惊得愣住了。这就是说，烟蒂上提取的 DNA 与朱青完全一致。那么，现在可以肯定续大强死之前，朱青去过他家，朱青就是最大的嫌疑人！

这一夜真的太难熬了，像一万年那样漫长。

王熄灭检验室里的灯，瘫坐在椅子上，脑子里一片空白。他要自己思考下一步该怎么办，但思维成了一块铁板，凝固不动。

他与漆黑的房间融为了一团，耳边只有嗡嗡的轰鸣和咚咚的心跳声。

天就要亮了，微光从外面透过来。这时，王实在太累，竟坐在椅子上昏昏地睡着了。

刚刚睡着，他就觉得自己骑上一辆自行车，在陡峭的山路上疾行，下面是深不见底的悬崖；他不敢用力踩脚蹬，可车子的速度仍然飞快，他很害怕地握住刹车，想把速度减下来，可车子的速度却越来越快，快到无法控制后，连人带车就冲进了深渊。

王啊的一声被吓醒。这时，楼道里传来人们的脚步声和说笑声。

中午十一点多的时候，王实在是支撑不住了，摇晃着身子走出办公室。他必须得回家好好地睡一觉，不然，他觉得也许会突然死去的。

在楼道里，甘露看到他两腿发飘，脸色煞白，就上前说："你怎么了？赶快去医院！"

王摆摆手，制止了她。但甘露还是不放心，又叫了另外一个男同事，两个人扶着王走到电梯前。

后来，王在网上说，从那天开始他的脑子好像就不行了，身体也疲乏无力，每天也只能吃下一点点东西。而且，一种无形的重负压得他喘不过气来，脑子稍微清醒，负罪感就弥漫上来。

他的症状，确实是抑郁症的前期特征。

从那天起，他就有自杀的念头。老想跳楼，觉得只有跳下去，才能摆脱无尽的痛苦和压力。有一天，他在网上给我发来一首叫《断崖》的诗。他说，这是一个叫冬蛹的女诗人写的：

在脑子的断崖上

我痛苦地喃喃自语

望着断崖深渊

林木茂密生长

无穷魅力从幽暗处升起

云里的列车呼啸而过

我打开全部的窗子

扑面而来的

是那雨落深渊的绝响

看到这首诗的时候，我感觉如五雷轰顶，想到他脚下的那栋高楼，不正是一座人造的"断崖"吗？想到这里，我突然感到毛骨悚然，惊愕得从电脑前跳起来，我在网上给他留言，让他一定冷静，立即去医院治疗。

但他却突然关了电脑，不再与我对话。跟他联系不上，我在屋里来回走动，烦躁、惊恐，心往下沉，血往上冲；我感觉太恐怖和不可思议了，也许他真的会跳楼！

　　王后来告诉我，他确实在不少个瞬间是想过跳楼的，但他的思维还是清醒的。他不能死，因为真相就在他手里，他必须揭开这个真相。只是他的精神压力太多了，一直想不好如何处理这些事。这中间，他也试图想给甘露说说自己的想法，但甘露见他身体这么虚弱，人也恍惚得不行，以为他真的得了抑郁症，就把话题岔开，劝他赶紧去医院治疗。

　　王自己知道，他的精神没有问题，只是压力太大而已。如果被当成抑郁症送进精神病院，即使没有病也真会被治出病来。

　　他越是拒绝去治疗，甘露就越认为他真的有病，需要立即去医院。有几次甘露在劝他时，他表现得十分暴躁，甚至发疯一样："连你也说我有病，你们到底要干什么？"

　　妻子素素也感到王的情绪和身体出了问题。她也劝王去医院，王在家里反应更为强烈，他指着她的鼻子质问，"难道你真的想把我弄到医院去送死吗？"

　　素素被王的举止和咆哮吓住了，她认为王一定是精神上受了刺激，必须立即送进医院。不然，也许真会有生命危险。

素素无奈地给局长打了电话。

局长十分重视，立即把王叫到办公室。像观察一个陌生人一样看着王说，"你的同事和妻子都说你最近精神确实出了问题，应该立即去医院。"王对局长警惕性很高，他担心局长是不是知道了一些风声，如果是那样的话，他就一定会把自己送进精神病院。这样想着，他态度更加强硬，坚决不承认自己有病，说自己好好的，只是最近太累了，不需要治疗。

局长看着他笑了笑，拿起手机，发了条信息。

不一会，局办公室两个年轻人，就来到局长办公室，架着王下楼了。

王被强制送进了城南关的精神疾病治疗医院。

9

王被送进医院后，医生立即开始对他进行了诊断。

一个胖得走路都困难的中年女医生，首先询问王最近一些情况；然后，就对着面前的一大张表格上的问题，让王一条一条地回答，每回答一句，她就在纸上用铅笔画个"√"号。

这样，一问一答进行了快一个小时后，问卷终于填完了。她不再理王，而且戴上眼镜，打开电脑，在上面慢慢地输入文字。又过了十几钟，检查通知单打出了六七张。然后，她对站在外面的甘露，挥了挥手中的单子，大声说，"先把这些检查做了！"

十几种检查结果下午五点多才出齐。

接着，一个穿着白大褂体格健壮的男医生和一名女护士端着药进来了。王被安排在特护的单间，男医生进来后，也不说话，开始对病床上和卫生房间里的进行检查。女护士开始噼里啪啦地敲针、吸液。这时，男医生从卫间里出来，走到王面前，严肃地说："你必须按照医院规定，如有违反我们将会采取强制措施！"

王在心里突然想笑，感觉这医生怎么像警察了。王正想说什么，男医生又开口说："现在打针，把裤带解了！"

打过针后，女护士又把一包配好的药拿出来，端起杯子里的水。这时，男医生又开腔了，"咽下去。我们必须看着你咽下去才行！"

王打过针、喝过药，十几分钟后就躺在床上昏昏沉沉地睡着了。

他醒来的时候，看一下腕上的手表，已是凌晨三点多了。王翻了个身，脑子慢慢清醒过来。他坐起来，想找房灯的按钮，打开房间的灯。这时，他就听到素素睡意蒙眬地说:"你醒了。感觉怎么样?"

灯亮了。素素从陪护床上坐起来,又问王是不是要喝水。王想了想说,不需要的。素素站起来,详细地审视着王,然后说:"医生说,你的病不重,治疗十天半个月就会好的!"

王苦笑了一下,说:"我真的不是抑郁症,我是前一段太累了,休息休息就好了,根本不需要住院的。"

素素打个哈欠,嘟哝着说:"别想太多,好好在这里治一段时间。睡吧。"

灯关上了,但王却睁着两眼,一点睡意也没有。他想,自己必须离开这里,不然的话,这样一直打针和用药,要不了多久就极有可能真被治坏了。没有病的人被送进这里治出病来的不少,那几个老上访户就是被送到这里被治出毛病的。想到这里王很害怕,他想自己必须尽快离开这里。

在这里,想证明自己没有病是件不容易的事。

你不能强辩说自己没病,越这样他们越认为你有病;更不能反和闹,这样,他们就会用电击或把你捆绑起来。王想了想,最终决定选择顺从和沉默,只有顺从医生,配合他们,让他们感觉自己服软了才能出去。光这样还不行,每天的针剂和服药也是让人受不了的。

如何办呢?王最终想出了办法:顺从地吃过药,等他们离开后就立即去卫生间，用手抠喉咙，把药再吐出来。对，就这样办！

半个月来，王极力配合和顺从医生意图，也努力地让自己多吃饭。加上，在房间和院子里的体力锻炼，气色变得很不错。那个医生检查后，也说恢复得不错，但这种病见轻后仍要有较长的巩固期，必须继续治疗观察，只是用药量减少了点儿。

这可怎么办？王表面上平静如水，但心里却焦急如火。

他要以最快速度出院，要把续大强之死的真相弄清楚。该怎么办呢？这些天，王一直在思考这个问题。他想，现在光靠自己的力量是不行了，但让甘露帮助自己也是不行的。一是，他不想连累甘露，再者说，甘露一直都在阻拦他去做这件事。看来，这事只有靠外界的力量。能信任和依靠的外界是谁呢？

现在，关于续大强、朱青、修慧英、卞恒义的样本和数据，都被王选取一部分放到家里了。要想揭开真相，他必须携带这些东西去北京，只有到公安部或中纪委，才有可能保证证据的安全和自己的安全。

这个想法，王觉得是成熟和可行的。于是，他就更努力地迎合医生，并说服妻子素素不要在这里陪床了。这样，他才有机会在晚上离开医院，回家取出那些东西。

又过了半个月，王表现得像正常人一样。

他也不止一次地劝说素素，晚上不要再守床了，根本不需要的。素素这些天，虽然是与王的同事替换着守夜，但也是十分疲劳的。加上她观察王确实比刚来时正常多了，就松口说："再过几天吧，如果情况稳定了，那我晚上就不来了。"

这天，素素吃过晚饭又来了。王给她开玩笑地说："病床跟前见真情啊。我这一病，才知道你对我的爱。"

素素笑着说："不经风雨哪能看出冷热呢？你是家里的天，真怕你出事。"

王抚了抚素素的秀发，深情地说："我这不是没事吗，你今天就回家好好休息吧！"

素素思考一会，就说："女儿在姥姥家呢，在哪里休息都一样的。"

"那你还是回去吧，我真的没事。"王用恳求的语气说。

素素又想了想，就笑着说："也好，反正我的电话都不关的，护士也在旁边。那我今天就回去休息了。"

素素走后，王心里就开始激动了。

他今晚要从这里潜回家，取走那些证据，然后去北京。等时间的人会感觉时间更慢。腕上的手表秒针，啪、啪、啪，跳得真慢，王躺在床上一秒一秒地等待着。他计划好了，凌晨两点开始行动。这个点，是他精心谋划好的，护士也都困了，街上的行人也少了，素素正在熟睡，这时行动是最安全的。

对于王这样的技侦刑警来说，逃离医院和悄然回家是件极轻松的事。

王打开自己的家门，直接进了厨房。他怕惊动了素素，要在她毫无察觉下，取走自己藏在厨房操作台下的东西。

他把那包东西小心地揣在怀里，就准备立即出门。可走到门后时，他突然想推开卧室的门，再看素素一眼。他又折回来，慢慢地旋动卧室的门把手，推开一条缝。可让他意想不到的是，素素并没在床上。啊，她不是说回来休息吗？

王又转身推开女儿的房间，也是空无一人的。

她去了哪里？也许她在外面真有了外遇。王一边想着，一边离开了家，他顾不上想这些事了，他现在必须立即去火车站，先离开这座城市。

四点多钟，火车里的人也都睡去了。王起身走到厕所里，关紧门，给素素拨通了电话。开始没有人接，第三次拨通的时候，素素才睡意蒙眬而吃惊地问："你在哪里，不舒服吗？"

王小声说："没事，我起来方便。你正在家里睡觉吧？"

素素那边停顿了几秒钟，才哈欠了一声说："嗯，我正在家里睡觉呢。"

王看了一眼窗户外的黑夜，把手机卡取出，丢进了坐便器里。

王从此消失了，我在网上再也见不到他的音信。我是十分焦急的，不知道他发生了什么事，就整天在网上搜索着，试图能找到他的踪迹。

接下来的两个月间，在网上搜到了三条消息，我认为这些消息与王很可能有联系：

一是：河州市精神病院发出的寻人启事，一位四十五岁左右的男病人，两个月前从医院走失……

二是：河州市委书记卞恒义，因涉嫌犯罪被"双规"调查……

三是：诗人冬蛹，跳楼自杀……

把这三条信息联系在一起，我心里产生了不祥的感觉。

我觉得，那个从精神病院出走的人也许是王；河州市委书记被查也许与王有关系，因为，在两个月前王在网上告诉过我，他发现的关于领导的惊天秘密。尤其是诗人冬蛹自杀，让我感到更可怕，也许王跳楼了，也许王就是这个冬蛹。

我心里真是乱极了，感觉网上真是虚幻，一切似乎都是真的，一切又都是虚拟的，让我真假难辨。

　　大约又过了一个多月的一个深夜，我的交友软件里突然出现一个新人。从他给我打招呼的语气，我的直观感觉是王！

　　我立即回复问他是不是王，这半年多为什么时隐时现，神秘莫测的。过了几分钟，这人才回复说，"你认错人了，什么王啊！"

　　这时，我更坚定自己的直觉，就用哀求的语气说，"我为你操碎了心，你就给我说说究竟发生了什么吧。"

　　屏幕静止了足有五分钟，突然蹦出一个音频文件。我特别想知道他传过来的是什么，立即点开。

　　几秒钟后，电脑里音乐响起。我仔细听了听，这是台湾女歌手张艾嘉的《春望》：

　　　　无所事事地面对着窗外
　　　　寒风吹走了我们的记忆
　　　　冬天已去　冬天已去
　　　　春天在遥远里向我们招手
　　　　……

喝酒的人

关于饮酒，我以为每个人有每个人的体味，各有各的认知。我饮酒三十多年了，所见可谓不少。总体说来，我认同饮酒的三重境界之说。

第一重境界，酒就是酒，杯中只见自己。

喝酒就是为了快乐，喝酒就是为了解忧，喝酒就是因了友情或亲情，喝酒就是一种仪式。这就是我等众生的俗世生活。酒可以名贵，亦可劣糟新出，只要是酒，举杯皆可饮。一杯酒下肚，享受的是自己，遇见的是自己，安慰的是自己，解脱的是自己。酒醉天地我为大，岂不痛快！

第二重境界，酒已不是酒，杯中可见日月天地。

这时候，酒已经不是酒，它则是宇宙万物、悲天悯人的载体。举杯遥望明月星辰，思千古之悠悠，圣贤皆寂寞，李白饮下的其实是半个盛唐的悲欢。"其人虽已没，千载有余情"，在陶渊明眼里荆轲千年前喝下的酒，依然可以大醉后人。这时，酒已经不再是酒，而幻化成天地人间，无限幽思。

第三重境界，酒还是酒，杯中仍是自己。

唐代禅宗大师青原惟信说：老僧三十年前未参禅时，见山是山，见水是水；及至后来，亲见知识，有个入处，见山不是山，见水不是水；而今得个休歇处，依前见山只是山，见水只是水。

美酒是禅，只要悟得真谛，山可以饮、月色可以饮、风可以饮、鸟鸣可以饮，万物皆可以是酒。这杯酒，已然是心中之酒；这杯酒，只为自己救赎，只为自己重生。

酒还是酒，酒中见到的还是自己。

众生皆有命，天地而无言，人生达命岂暇愁。

何不迎风举杯碗，且饮美酒登高楼！快哉！快哉！

这，就是我记下这些喝酒人的理由和兴致。

猪头张

猪头张绝对是我的熟人，说是朋友也不为过。

一是，我从六七岁的时候就认识他；二是，这十几年来隔三五天我都见他一次，而且，拉几句呱。猪头张今年应该有六十六七岁，但他的全名我还真弄不清，好像不是张建国就是张卫国，反正后面有个国字。

猪头张在丰水源小区前的菜市场卖卤菜。他的摊子上卤菜最全，味道也独一份地鲜。摊子上方有一个红底黄字的三角幡子，上有三个字：猪头张。幡子下面是一个一米见方的铝盆，盆里有卤猪耳朵、卤口条、卤肝、卤肺、卤大肠、卤猪蹄、卤脑肠、卤猪心等，猪身上零碎，样样俱全。且肉色红润，酥烂香浓，鲜嫩可口。

每天，他的卤菜都早早地被小区的老食客买完。他的不卖完，别的摊子根本就不可能开张。

十五年前，我搬到丰水源小区居住，开始买他的卤菜。卤菜下酒，那是我们药城男人的挚爱。每次买卤菜时，都见他一身酒气，浑圆大脸像他盆里的卤猪肝，但他并无醉意，微笑着照应每一个来摊子前的人：问、捡、称、切、加汁、打包。

他旁边坐着一个漂亮的女人，即使坐着也能看出她个头很高。这女人的年龄测不准，说是他女儿吧，年龄有点大，说是他媳妇吧，年龄小得太多，我觉得应该是他后娶的才对。一些熟客总爱跟她开玩笑，叫她西施。

开始我没在意，买了十几次卤菜后，我突然觉得猪头张他们两口子有些面熟，但就是想不起来在哪里见过。有一天，下着小雨，他摊子前没有人。我买了卤耳朵后，试探着问：我咋觉得认识你呢。你在魏岗食品站干过吗？

他先是一愣，然后问我：你哪一年的人？我在食品站时你应该不大啊！

这时，我确认他肯定是食品站里的那个人了。于是，我就说：我是1967年的，六七岁的时候跟父亲一道去卖过猪！

呵呵，那咱是老相识了。他又一指身边的女人，有些骄傲地说：你也应该记得我媳妇，她那时开票！

啊，原来真是他们。当年卖猪的情形和细节，扑面涌来。

上个世纪六七十年代到八十年代中期，食品站是购买生猪、宰杀生猪、销售猪肉的地方。那时，国家对家畜、家禽向农村"派购"。我家人口多，每年得向食品站交售一头生猪。养猪为过年，养鸡卖蛋兑换油盐。那时，家里每年都要养一头猪和十几只鸡。父亲买仔猪是内行，他挑选仔猪，先看后抓。专挑毛色光亮、眼大有神、身长腿壮、嘴短灵活的。这样的猪仔嘴头壮，长得快。

那时，喂养也是个麻烦事。人都吃不太饱，哪来粮食喂它？每天只是用涮锅水拌点干红薯叶、红薯粉渣。从春天开始，母亲就会吵着我去地里给它挖野菜。猪特别喜欢吃的野菜和野棵棵有：苦菜、鸡公窝、蒲公英、马芒草、鱼腥草、野苦荬……

四十多年过去了，我现在还记得清清楚楚的。

养猪是件辛苦的事，一天天盼着它长大。卖猪却更让人提心吊胆的。我家的猪都是入冬时卖，猪仔经过春夏秋三季，尤其是秋天收成多了，可以多喂它一点红薯，上膘就快。这时，猪一般都长到一百六七十斤。那时，生猪分三等：131 斤为低标准，151 斤是中标准，181 斤才算高标准。等级标准不同，单价不一样，收入悬殊。

我七岁那年初冬，父亲十几天前就说要去卖猪。母亲就开始给它加食，把玉米糁子和烀熟的红薯拌在一起喂。临去卖的那天早上，母亲早早地起来，又把家里仅存的一盆麦麸皮也加进去了。这头有点白花的黑猪，吃得摇头摆尾，肚子滚圆滚圆的。

父亲叫来村里的几个男劳力，用大杆秤称了，说是有一百六十五斤。母亲就很欢喜地笑着对父亲说：那十斤返销肉一定要割回来啊！孩子们，半年都没沾荤腥了！

这猪并不听话，好像知道要把它送到食品站挨刀一样，屁股往后坐着，不想朝前走。父亲在前面牵着绳，我手持细荆条，在后面边吆喝边时不时抽一下。一路上，它走得很慢，还屙了两摊屎、尿了三泡尿。父亲气得不行，一路上踢了它好几脚。我就劝父亲别踢，越踢它越尿咋办。就这样，走走停停，到了晌午，我们才到食品站。

那天，来食品站卖猪的人不多，院子里总共才三头猪。父亲蹲在拴猪的泡桐树旁，吸了两支烟，收猪员才被另一个卖猪的女人叫出来。对，这个收猪员就是现在的猪头张，只是那时他没现在胖，人也长得精神，那时他大约二十来岁的样子。他似乎不太高兴，手里拎着一个两尺多长黑乎乎的棍子，快步走过来。他先走到那个女人的猪前，照猪屁股上就是几棍，那头猪被打得拧着身子嚎叫，边叫边拉下几大坨屎。

女人就跺着脚问：你打它干啥？你打它干啥！

猪头张也不理他，又快步走到我家的猪前，照屁股上也是几棍。这猪立即被刀子捅的一样嚎叫，边叫边不停地屙尿。我父亲也生气了，但声音不大地说：它老老实实的，你打它弄啥呢?

　　猪头张这才开口:这是杀威棒!验级时咬了人你负责啊!父亲便不敢再言语。

　　我家这头猪好像怕猪头张一样,叫了一会就塌着眼皮,再也不吭气了。这时,猪头张走过来,按了按猪的脖子,又在猪肚子上捋了几下,大声地说:不到一百五!三级!

　　父亲的脸突然涨得通红,大声地说:来时称的一百六十多呢。俺要过磅。

　　猪头张扭过头,脖子一硬,脸一横:你的秤准,还是国家的磅准?赶到磅上去!

　　这时,一个高高的女孩走过来,漫不经心地用手拨拉了两下磅砣,大声说:扣五斤猪溦,一百四十五!

　　父亲气得说不出话来。整整少了二十斤。而且,降了级。又有啥办法呢!父亲最终叹着气,赶着猪向东边的猪圈走去。

　　三十多年过去了,现在看着猪头张和他媳妇脸上的微笑,怎么也不能相信就是当时的那两个人。时间真能改变一个人,而且,能把人的过去变得毫无踪迹。从此,每次去买卤菜的时候,我都会想起卖猪的那一幕。

　　去年春天,我再去买卤菜时,连续两次都没有见到猪头张。这十来年,他从来都是在摊子前的,不会出什么事了吧。我问他媳妇，她就叹着气说：唉，喝得太多了，冲脑梗了。

我说，要紧吗？她说，没大事，现在医院打吊水呢。

女人边给我捡卤肠，边自言自语地说：原来食品站多风光啊，说不行就不行，就染上这酒了！

我便安慰她说：没事。老张卤肉就酒喝一辈子了，能挺过去的。

女人突然声音提高地说：挺个屁！一辈子死要面子活受罪！这世道！

我的眼前，突然又浮现出那年卖猪的场景。

洺流苏

亳州是长寿之乡，百岁老人有四百五十多人。

十年前，我当时作为市政协文史委的兼职副主任，曾主持过"百岁老人民间走访"活动。那年春天，在安溜古镇，我见到并访问了一位号称庚子年出生的老人——洺流苏。

惠济河从河南省东流入安徽境后，水面突然宽大溜急，依南岸而生的古镇便被称作安溜。安溜是由河南通安徽的水上要道，古镇已有千年历史。现存依水而上的七十二步登天梯，古老的石条梯或隐或现；对着天梯的南岸西首有座"明里宫",据说是明代为纪念孔子在此处向老子问礼而建；明里宫前方二十米的地方有棵古槐，该树身粗如磨盘，中间已腐朽而空，可容纳一人，但槐树枝繁叶茂，这棵树有七百多年，冠大三十米左右，因长在安徽和河南的界石旁，真正是"一棵古槐罩两省"。

泺流苏老人的家，就在这棵古槐的南面。每到秋天，槐树的黄叶落满他家的院子。

泺明苏说他是庚子年出生的，可能不太准确。当时推算，如果真是庚子年出生的，他应该有110岁。但也没有充足的否定理由，一百岁以上他肯定是有的。那时，他行动自如，红腮白发，记忆清晰。说起陈年旧事，瓜清水白的，且与当时的情况并无多大的出入。

泺流苏是这位老人的外号，老人真名叫苏旭初。他的祖上以酿制"泺流酒"而富足百里，他也以日日必饮"泺流酒"而长命百岁，人们便送"泺流苏"的外号。时间长了，知道他真名的人极少，他自己也极少想起这"苏旭初"三个字。

泺流苏老家并不在安溜镇上，而是在泺河北岸的泺庄。泺河是惠济河的支流，从西向东南在安溜镇二里外入惠济河。泺河与惠济河之间被称为"夹河套"，夹河套势高平坦、土肥水丰，自古盛产谷子。而谷子正是酿制这种"泺流酒"

的唯一原料。

那天，洺流苏兴致很高，他先让我及同行品了洺流酒。这酒金黄透明，米香清雅，入口滑润如锦触喉，酸中带甜，绵柔爽净，柔香回味无穷。一杯落肚，顿觉神清气爽。

洺流苏，桌子上放着一壶一杯，说一会儿抿一口，如仙人一般。他说，这酒必须用夹河套产的红黏谷子作料，自制香叶曲和祖传中药配方。香叶曲制作现在基本失传，每年阴历五月十五，取熟面的甜瓜捣浆，团成掌头大的小团，用南瓜叶包裹，悬于檐下自然老熟成曲。

曲为酒之骨，曲做不好就一定酿不出好酒来。曲成，把黏谷子用土锅柴灶，点燃干木柴，大火蒸烀文火焖焐，然后拌上香曲、加入十八味中药，置在阴凉处让其自然发酵。发酵成熟，再用双层瓦缸细淋，金黄黏稠、甜香扑鼻的美酒便流了出来。

洺流苏边喝着酒边说，这酒还有几个名字，也有人叫它"米露酒"、"小米酒"、"药引子酒"、"月子酒"、"希熬酒"。每一个名字都是从它的质地上去说的。这酒二十五度，一斤酒净含黏小米三万粒，一粒不多一粒不少。说罢，洺流苏很自豪地笑了起来。

后来，我们专门请教了保和堂传人张先生，他从医理上对洺流酒作了解释。他说，这酒是咱亳州独有。传说，中药配方是精通养生之道的陈抟所留。其酒，性味辛温，具有驱风散瘀、通血脉散湿气之功效，用于加强通调血气，引药上行与寒性药物同服，可缓解其寒性，与滞性药物同服，可助其走窜。引药入经直达病灶，提高疗效。据检测不仅含有丰富的氨基酸，而且含有硒锗锌锰等稀有元素；具有防衰老、美容颜、促进新陈代谢、增强免疫力等保健功效。

那天离开的时候，洺流苏非要送我们每人一斤酒。我们推脱不掉，把酒收下后，他以儿童般的神秘语气说：这是神医华佗悬壶济世的"药引子"，陈抟老祖长寿180岁的秘诀，曹操用它"温酒斩华雄"，孔子在这明里宫向老子问礼时喝的也是这酒。

我们挥手告别的时候，洺流苏又声音响亮地说，别忘了，这酒冬天温着喝，夏天冰着喝！我要争取活够两个甲子年呢。

洺流苏是在我们分别后的第二年春四月走的。据说，他那天坐在院子里喝酒，三杯酒下肚，就坐在椅子上睡着了。

古槐上飘落的槐花，撒在他的身上、桌子上、酒杯里，清香四溢。

雕　公

说来也奇怪，我所在的小城并不大，我怎么就没有见到过这个大名鼎鼎的雕公呢。雕公的全名叫什么，我肯定是听说过的，但记不太清了。我对他的了解都来源于传说。所以，你就当个故事听听吧。

雕公被人们尊称为雕公之前，有过另外几个称呼：雕右派、老雕、雕老师、雕八两、雕小鸡，加上雕公，这六个称呼，其实就是他一生的写照。

雕公是江南人，具体是哪州哪县说不太清，但是，他在南京林学院上过大学是确定的。1962年春天，他以右派的身份，下放到了国营亳县核桃林场。这个林场，是国家投资兴建的，是亚洲最大的核桃基地，据说是当时食用油的战备林场，由部队和省里直接管理，所在地县政府插不上手，基地里的人和事就神神秘秘的，出来的消息基本都是传说。

雕右派在基地的表现，外面的人不知道。基地周边的农民，偶尔也被派去帮助农场的林业工人干干除草、浇水之类的活计。渐渐地，周边农民都知道这里面有个十分有本事的雕右派，这个人面白如纸、穿着齐整、不吭不响、不婚不娶、每日必饮酒。又过了几年，雕右派常常走出农场，到附近的村子里买农民的鸡蛋下酒。时间长了，便有几个固定的村妇定时给他送鸡蛋过去，换点称盐买油的家用钱。

这时候，他的名字已变成老雕。年龄也大了么，四十多岁了，称老雕，也颇为合适。

上世纪七十年代末八十年代初，核桃林场慢慢地发生了变化。先是驻守的部队撤走了，接着，林场从省林业厅划给县里，打下的核桃好像也越来越难出口了。这时，当地的人才有机会吃上这大如小鸡蛋的薄皮核桃。

大约是 1981 年春天，老雕被从林场调出，安排在县第一中学教高中语文。这时候，老雕变成了雕老师。雕老师语文教得很好，每次上课都是把课本往讲台上一放，并不翻开，就用那软软清脆的江南语调，娓娓讲来。当年，他代高三语文的，那个班在高考时就有四人考取了重点文科大学。雕老师一下子成为县城的名人，不仅是教育界，就连小城的市民也都街谈巷议起来：一中有个雕老师，语文教得顶呱呱！

随着一届一届的高考，雕老师被越传越神，关于他的一些奇闻轶事也越来越多。

除了教学之外，传得最多的就是关于他喝酒的事。他一天三喝，早中晚各喝一次，早上一两、中午二两、晚上半斤，又称雕八两。其实，听他说这是很科学的，早上一两是头天晚上的还魂酒，中午二两是晚酒的引子。他喝酒也有讲究，只喝古井玉液，那时古井玉液三块五毛一瓶，并不算便宜。但他那时已是一级教师，又没有家庭，工资的绝大部分用来喝酒和抽烟。

雕老师虽然这样喝酒，却从没有误过上课，而且，课越上越好，学生考上大学的越来越多。时间长了，人们就说酒是雕老师的魂，不喝酒兴许教不出这么好的课来呢。传来传去，他的名字又被人们叫作"雕八两"了。

雕八两喝酒讲究，只喝古井玉液。下酒菜也讲究，并不吃大鱼大肉，而是只吃白布大街上有两百年历史的"紫阳酱菜坊"的小菜，酱黄瓜、酱地瓜、清腌雪里蕻、五香萝卜干，外加必不可少的毛鸡蛋。

我们这个小城的人懒，就连说话也是能少说一句就少说一句。比如，这里人把"旺蛋"和"活珠子"统一简称为"毛鸡蛋"。其实，它们的差别是很大的，甚至可以说是两种不同的东西。旺蛋是鸡蛋在孵化过程中受到不当的温度、湿度或者是某些病菌的影响，导致小鸡胚胎停止发育、尚未成熟的小鸡；极有可能因破裂被细菌感染，人吃后，对健康极为不利。

而活珠子则是孵化十四天左右的鸡蛋，人为地停止孵化，蛋里面已经有了头、翅膀、脚，鸡蛋里能挑出骨头的孵化物是大补品，具有养颜美容、保健补血等功效，其营养价值高，味道更加鲜美。

当然，雕八两吃的是活珠子，而非旺蛋。

他的吃法也极为简单，首先洗干净，为防止鸡蛋破裂鲜美的汁液流失，就用冷水小火慢煮，不用加任何的盐之类的佐料，十五分钟即可；吃的时候，选鸡蛋两头更大的那头敲破轻吸，先吸吮小鸡胚胎汁液，然后再剥开蛋壳，这种亦鸡亦蛋的活珠子，蘸着用酱油、芝麻油、辣酱、蒜汁、姜末、香葱、芫荽调成的料汁，入口之后既有鸡的骨感又有蛋胚的醇香，真是人间美味。

话说这一年，雕八两已经退休五年了，但仍然被学校返聘代着课。

春天，正是吃活珠子的最好时节，固定给他送活珠子的老张，这天下午送来了二十几个活珠子。雕八两喜色满面，由于下雨老张没来送，已经有三天没吃到这物了。他接了一盆清水，一个一个地揉洗着，准备一次煮完。洗着洗着，当洗到第九枚时，蛋壳突然裂纹了，用手轻轻一敲，小小的鸡嘴和毛毛的鸡头竟慢慢拱了出来，一只小鸡竟破壳而出。雕八两心里一惊：差点没把这活活的小鸡给煮了！

他又仔细地检查剩下的鸡蛋，并没有发现裂纹的。但是，他心里却翻江倒海起来，这么多年不知道误吃多少个活着的小鸡啊！于是，他决定从此不再吃活珠子，而且，把这只小鸡养起来。

这只小鸡还真是奇了，第二天就在地上走来走去，而且，雕八两走到哪里，它就跟到哪里。我们的雕八两对这只小鸡越来越有感情了，精心地喂养起来。半个月以后，这只小鸡就不愿意离开雕八两了，他走到哪里，它跟到哪里，他到教室去上课，它就站在门外面一动不动地听。

春天过了，夏天来了，夏天又过去了，秋天也来了，这只小鸡就成了雕八两的跟脚鸡，几乎与他寸步不离。于是，雕八两又被人们背地里喊成"雕小鸡"。

雕小鸡酒照常喝，只是下酒菜只剩下紫阳酱菜坊的小菜，而没有活珠子了，甚至连鸡蛋他也再没有吃过。这只鸡是公鸡，红黄相间的羽毛、火红的鸡冠，走路一摇三摆，高步蹈跳，很是威武；叫起来清脆嘹亮、抑扬顿挫，声音向上、高昂之时突然收住，与著名男高音帕瓦罗蒂大有一比。于是，雕老师和这只公鸡，成了小城一景。

这只公鸡陪我们雕老师八年后，在春天里老死了。这年冬天，雕老师也死了。

据说，一天晚上，他喝过酒再也没有醒过来，属于醉梦中离世。我们小城人称这种死法，是积了大德，无病无苦地走了，是大吉祥。因他无儿无女，也联系不到家人，学校里出面把他安葬在了烈士陵园。这个陵园是公家的，安葬着一千多位在战争与和平建设期间，成为烈士的人。由于他几十年教育学生有功，县教育局给他开了追悼会，立了个石碑，很隆重地把他安葬了。

他死后，人们再谈论他时，便不知不觉地给改了称呼，一律称他雕公。这是因为他培养学生有功，也因小城人的厚道。

想来，雕公在九泉之下，也该是快乐和欢喜的。

狗嘴夺牙

我调入酒厂没几天，就听到一些厂里的奇人逸事。听到的第一个奇人，就是狗嘴夺牙的蒯如意。

牙能被狗吃了，这真是天下奇闻。说的是，蒯如意好喝酒，他虽然在热电站搞维修，但毕竟是酒厂的热电站，到酿酒车间喝酒那是随时的事。酿酒车间出的头酒最高七十五度，香是醇香，但劲儿大，这种酒又叫一线喉。一口喝下去，像火线一般顺着喉咙热到胃里，立时如火焰扑满整个胃，嘴一张一合之间，又有一条小火龙从胃里游出，穿肠过肚，直抵丹田。这般滋味真叫一个爽。

这样的酒，蒯如意一次能喝半斤，你说酒量大不大！俗话说，淹死的都是不怕水的，喝醉的都是好酒的。蒯如意就因为酒量大才时常喝醉。有一年冬天，他从车间喝了一舀子热酒，走在回热电站的路上，凉风一吹，酒劲上蹿，他就扑倒在了路上。当人们把他抬到厂医务室，医务室老王撬开蒯如意的嘴时，才发现四颗上面的牙已不见了踪影，嘴如一个血洞。

上世纪九十年代初，还没有烤瓷仿真牙，蒯如意就镶了四颗带白铁套子的假牙。接着，便发生了狗吃牙的事儿。

一天晚上，他下班后，与工友们在镇上的夜市喝酒。酒厂在古镇上，镇上的夜市都是露天的，那时还没有烤串之类的吃食，每一个摊点只有一些荤素的卤菜，兔肉是必不可少的。我们这里人爱吃兔肉，兔子分野兔和家养兔，兔肉的做法和吃法就更有讲究了：酱兔肉、卤兔肉、烀兔肉、白水椒盐兔肉、红烧兔肉。每一种兔肉都是分开卖的，四条腿、兔子头、兔脊骨、兔肋骨各有各的价，也各有各的食客。

蒯如意最爱啃兔子头。兔子头是没啥肉的，要的是那个骨肉相连的味，想吃肉又啃不到肉的那个劲儿。这天晚上，蒯如意喝了半斤酒，酒兴正浓之时又让老板递过来一个兔子头，刚啃上几口，就有人举杯碰酒，他把兔子头从嘴里拽出来，左手端起酒杯就喝。

这时，右手一滑，兔子头掉在了地上，在桌子下面等候已久的那条黄狗，张嘴衔住。蒯如意一口酒咽下，一合嘴，突然感觉不好，大声咕噜一句：我的牙呢？！

黄狗听他的喊声，叼住兔子头，拧身想跑。蒯如意弯腰向下，右手一把掐住黄狗的脖子，左手从狗嘴中夺回兔子头。还好，那四颗牙还稳稳地卡在兔子头腮肉里，并没被狗吞下。蒯如意小心地把牙拿掉，两边捏了捏假牙的挂钩，费了好大劲，才又把这四颗牙挂在嘴里。

于是，蒯如意就有了"狗嘴夺牙"的外号。

刚听到这个传说时，我以为蒯如意应该有四十多岁了。其实，他当时才二十五岁，比我还小两岁呢。我调进厂里在宣传科工作，半年后，到热电站采访时就认识了蒯如意。他的个子挺高，虽然有点弓腰，但也绝不会低于一米八。一张嘴，果然露出四个闪着钢光的白牙，说起话来却有点费劲，先几声"嘟嘟嘟"后才能引出话来。说结巴不算结巴，说卡壳不算卡壳，反正就是那种说不利落。

蒯如意是个实诚人，也好朋好友，只要有酒场叫他，每叫必到。他自己常常费劲儿地说：咱一个基层工人，能叫咱喝酒是看得起咱。那必须一叫就到，一到就喝，一喝就喝好！正是他这种从不装的脾气，我俩成了好朋友。

虽然，后来随着我工作的变化和职位的升迁，应酬越来越多了，但我们依然月把半月地要喝一场酒。即使后来我当了副厂长，他仍然把我当作哥，时不时打电话邀我喝酒。有时，我在宾馆接待客人的时候，也给他打电话，让他去陪陪客。

陪了几次，他说：这样的场合以后别叫我了，我一个小工人，坐在那里，酒也喝不好，话也不会说，就陪着傻笑，不是活受罪吗？！

哈哈。从此，我再没让他去陪过客，但我们每年还是要喝三五场酒的。

关于蒯如意喝酒的故事真挺多，名声也大。单一个"无麻缝嘴"，就让他的英雄豪气在全厂工人中，无人不知无人不晓。

十几年前的一个夏夜，蒯如意又与工友喝酒。据说，当时他离场时并没有醉态，自己骑上自行车走了。自行车刚走十来米就走不成直线了，左拐右拐，晃来拧去如曲蟮找路一样。同桌的酒友就在饭店门前大喊：如意，快下来！下来！

正喊着，只听扑通一声，蒯如意摔了下来，倒在地上的自行车后轮还不停地转着。人们东摇西晃地跑过去，只见蒯如意捂着嘴不停地吸溜。看看牙摔掉了吗？看看牙摔掉了吗？在众人的喊声中，蒯如意松开了沾满血的手，四颗牙结结实实地在嘴里闪着白光，上嘴唇却裂开了个大豁子。牙没摔掉，上嘴唇摔烂了。

人们把他就近送到工人医院急诊科。这天值班的外科医生是陈星光，他也是刚喝过酒回来，一身酒气。陈星光一看蒯如意豁着的上唇就笑了：喝酒也没点把握！我给你缝。

这陈星光当医生不务正业，喜欢写诗，也好酒，而且，酒后闹出过不少笑话。在一次因酒后手术被医院停职后,他竟考取了南方某地级市的报社副总编,这是后话,关于他的事以后再写。

现在还说那天急诊的事。陈星光边用酒精棉清洗,边说,手术是全麻、局麻,还是不麻?蒯如意吸溜着嘴说,你看——你看着办!陈星光又说,全麻做不了,局麻也做不了,麻醉师不在!再说了,麻针挺贵的,麻了也不容易长口!

那——那就你——你看着办吧。蒯如意疼得说话更费劲了。陈星光找到缝针,穿上肉线,就对旁边送蒯如意的人说:过来四个人,给我按着胳膊腿!四个人过去,分别按住蒯如意的两只胳膊和两条腿。陈星光又说:按死了啊!他要动弹,缝不好可不能怪我!

蒯如意就这样被按着,陈星光那天显然喝了不少酒,手不太利落,竟缝了半个多小时,才算缝好。蒯如意在手术台上扭动着腰身,脸上豆大的汗珠子滚来滚去,全身出汗如水洗的一样。

后来,我问蒯如意:兄弟,你当时为什么没让麻,是怎么忍受得了的?

蒯如意龇着牙笑着说:那天真受老罪了!钢针在肉里扎来勾去的,一动一身汗。我当时,一是想省点钱,二是想让自己长点记性,谁知道怎么会那么疼啊,钻心地疼!

蒯如意想省点钱肯定是真心的。他媳妇不上班，有个女儿，一家人就靠他一个人的工资，肯定很紧巴。他又好喝酒，且是个讲究人，去喝酒从不空手。要么带两包烟，要么买个卤菜，要么买包花生米，总之，从没空过手。他常说，咱虽然穷点，穷有穷的骨气，没人叫咱从不去喝蹭酒，那样的酒不喝也就醉了。

这次"无麻缝嘴"的疼，让蒯如意长记性了吗？没有。他还是照喝，且常喝常多。

有一年秋天，我正在外地出差。蒯如意突然打我的手机，接通后，他吭吭哧哧了好大一会儿就是开不了口。我说，你怎么了？再不说我可就挂了啊！这时，他才说，厂里要开除他，说他调戏女职工！

怎么会闹出这事来？我觉得他虽然喝多了，也不至于调戏女人。一是他没这前科，二来他其实是一个特别胆小的人。

原来，他中午喝多，坐厂里回城的班车。那天，车上的人多，他旁边坐了个包装车间的女工人。车开动后，他就睡着了。睡着后，他的手就抬起来压在了那女工人的腿上，嘴里还不停地咕哝着什么。

女工人是新来的女孩，就喊了起来，非说蒯如意调戏她了。蒯如意被叫醒后，还不知道咋回事呢。听到女工人说他调戏她，就乘着酒劲吵了起来。这一吵不当紧，女工人不愿意了，把蒯如意告到了厂部，非要求开除他不行。

我回来后，找到保卫科和劳资科负责的人，让他们多做解释工作。蒯如意又是赔礼又是道歉，当着这个女工人的面，扇了自己两个嘴巴子。这样闹腾了一个星期才算了事。

从此，蒯如意生出个毛病：见女人就躲。

姬疯子

姬疯子原名叫姬朝贵，二十几岁时在 105 国道道班里工作。这个养路工的工作，是从他父亲手里接过来的。

上世纪八十年代末期，我们这里的养路工是可以接父母的班的。姬朝贵的父亲从不喝酒，是亳州道班的模范人物。别的巡道工一般都马马虎虎的，有时根本就不去道路上走，就填写记录。而他跟别人不一样，无论刮风下雨，他都坚持巡查道路，而且认真记录。有人说他迂，有人说他傻，他自己却不这样认为，他说这是国道，说不定哪天国家有了大事，国道出问题了，可了不得啊。时间长了，人们就喊他"姬模范"，其实，是有点讽刺他的味道。但他装听不见，依然笑呵呵地坚持到退休。

姬朝贵顶替进了道班后，却与他父亲完全不同。虽然，他干的还是巡道这活，但他比那些工龄长的人还马虎，极少去路上。道班孤零零地在路旁边，里面就五六个人，跟外界也很少接触，怪孤独的。姬朝贵白天就看金庸古龙的武侠小说，一本一本地看，一遍一遍地看；晚上，他就喝酒，酒也不讲究牌子，只要是酒就行，菜也不讲究，只要能下酒就好，管他鸡、鸭、鱼、肉，萝卜、白菜还是酱豆、腌黄瓜。

有一次，省公路局来抽查，正好抽到姬朝贵。他的记录本子上竟把一个月的记录都填上了"正常"，这才半个月不到，后半个月的都填好了，明显的弄虚作假。他被抓了典型，降了一级工资不说，连巡道工也不让他干了，让他进了工程班，干起了修补道路的苦工。

他是一万个不想干。但是，这时他已娶了媳妇、生了儿子，一家人全靠他的工资糊口，不干不行啊。就这样勉强地干一天，应付一天。大约是1990年春天一个晚上，他们所在的路段上发生一起严重的车祸，一辆机动三轮车与大货车撞了，三轮车上的人四死三伤。有两个人被撞散了架，胳膊腿被撞得东一截西一块的，另两个人也血肉模糊成一堆。交警拍了现场，火葬场的车子也来了，可火葬场的人竟不敢收尸。

这时候，姬朝贵他们道班上的人闻讯也来到了现场。交警队长无奈，就说，谁敢收尸，给五百块钱！火葬场的人还是不干。交警队长急了，就说，一千谁干？这时，姬朝贵说，我干！

说罢，他回到道班戴上作业手套，便干了起来。这之后，人们就喊他"姬大胆"。姬朝贵却笑着说，人都死了，怕什么！再说了，收尸人自古都有，让人体面地入土也是积德。后来，遇到大的车祸，交警队常常让人喊他去收尸。

收尸成了他的第二职业，而且，收入很高。他会根据现场的情况报价，基本上干一次能顶一个月的工资。再后来，发生凶杀案或遇到投河、上吊等非正常死亡的人，人们也来请他去收尸。他成了有名的收尸人。当然，干这活的收入很高，高于他工资的几倍。随着挣的钱多了，他的酒量也越来越大，每天至少八两，多的时候能喝一斤多。

他这样喝酒，媳妇和儿子也理解了他，那么恶心的活儿，不喝酒是不行的。他每次出工时都在身上装一瓶酒，到了现场，咚咚咚就着酒瓶喝上三两或半斤，然后才戴上口罩、戴上手套开始工作。

五十岁那年，他病退了。他也确实是有些病，长期大量喝酒血压和血糖都高得厉害。再说了，道班的人包括领导也对他从事的这个第二职业感到不舒服，退就退吧，早退少恶心。退休之后，他专业干起了收尸这活。不仅如此，他还干起了给死人美容的行当。由于业余干了快二十年，交警、公安、医院都有了名号，遇到这样的事首先就找他。他收费的标准也越来越高，有时，一次收费能过万元。

他专业干了六年后，突然宣布不干了，说是自己身体不行，这活干不了。有的人说他是想提价，他是独一份干这活，有资本撂挑子或者提价。也有人说，他是发了横财，在交通事故现场收尸时，拿了死者的钱和名表。这件事虽是传说，但也极有可能是真的，突然发生交通事故，死者身上不可能没有钱或什么贵重的东西。

不干不行啊，交警队还是常常给他打电话，求他到现场。现在，车多了，尤其是高速公路上，有时人被车撞得很惨，遇到撞烂的死者，还必须要规整和缝合。后来，他只接交通事故的活，其他现场坚决不去了。这就又有人说了，交通事故有油水，他当然要干了。

姬朝贵确实挣了不少钱。他在城里不仅买了独院别墅，而且还有十几套商品房，他的儿子，也开上了宝马车。这时，嫉妒他的人更多了，说他发了死人的财，也有一些人背后诅咒他不得好死。他肯定能听到，但从不搭茬，任人们背后说去。只是，他喝酒越来越厉害了，而且，不知从哪天起，喝醉后就会大哭不止。

这样又过了一年多，他似乎真的疯了，每次喝酒后都大哭一阵子，哭的声音变来变去的：有时是男人的声音，有时是女人的声音，有时粗声大嗓，有时是细腔细调。人们就背地里说，这是死人向他讨钱财来了，果真报应了。

这样又过了半年多，姬朝贵真的疯了。他整天在家哭哭啼啼地喝酒，有时，还拎着个酒瓶跑到大街上，边哭边喝。

大约这样过了一年，他终于还是死了。

不少人背后说，活该！

喝早酒的八哥

在亳州，我以为最有味道的早餐点，一定是位于三圣庙西边路旁的那个。

这个早餐点是露天的，位置极佳。西边是三圣庙，东边是段老谋墓地公园，东流的涡河和南流的陵西湖交叉成"丁"字形，陵西湖西五十米平行向南有座直通明清老街的"大地桥"，桥与涡河南岸相交的东南角，便是闻名全国的"花戏楼"了。小摊点在桥北头，就在这"丁"字形的胳肢窝里。

我看重这个早餐点，其实，并不是它的位置，关键是地道的小吃。这个早摊点由姓海和姓朱的两家人搭手经营，海家卖油条，朱家卖豆沫。

海家是回民，男人老海负责面案及下锅，媳妇负责翻油条、捞油条、卖油条；摊前的案板上有个油光发红的木头方盒，食客吃过了把钱放里面，找零也是自己从盒子里拿。当然，现在摊子前也挂上了支付宝和微信的二维码，吃过了，自己扫付即可。海家油条不用膨胀剂和发酵粉，更不用洗衣粉，而是用白矾、精盐，油也是一次性的芝麻油，炸出来的油条自然还是老味道，焦、酥、香、脆。

朱家的豆沫就更有讲究了，家谱记载他们家的豆沫成名于乾隆年间，用料、配方没有任何改变。这么说来，食客喝的就是乾隆年间的味道。豆沫是装在一个大铁壶里，壶外面用棉花和白布层层包裹，即使在三九天里，倒出来的豆沫依然烫嘴地热。倒豆沫的是个三十多岁的年轻人，叫朱幸福，人长得高高大大、方脸大眼、通关鼻梁，真可谓一表人才。他母亲坐在一旁刷碗，或者收拾碗里套着的油纸袋。眼观豆沫，里面有炒得焦黄的豆腐丁、碧青的葱叶、精短的红薯粉条、炒脆的通红色花生瓣。据朱幸福跟我说，他家制作豆沫，用料有黄豆、绿豆、豌豆、小米、高粱，浸泡一天后，用石磨磨三遍，加上牛骨头汤熬制而成。

这样的豆沫加油条，是亳州城独一份。自然，每天都有好这一口的食客早早地来到摊前排队。八点前准时收摊，来晚了就要再等一天了。

这时候，我要写的主角该出场了。他就是一位手提鸟笼的黑衣老人和一只乌黑的八哥。

老人应该有七十岁上下，沉默不语，我有上百次和他都在这吃早点，却没有听到他说过一句话。倒是那笼子里的八哥，每天都喳喳地叫，而且会说"你好""喝酒""走也"。颇惹人爱。老人叫什么名字，我不知道，问过倒豆沫的朱幸福，他也没说得清，只是说是河南岸南京巷那条街上的。他每天都要喝早酒，他的那只八哥也喝早酒，而且，两个人都一身乌黑。于是，人们就把他和那只八哥一齐称作喝早酒的八哥。

我是上班路过这里，每天几乎都是七点准时到。我每次到时，"八哥"都已经坐在一方小矮桌前了。老人面前雷打不动地放着一碗或喝了一半的豆沫，盘子里两根或剩下的一根油条，盘子旁边是一瓶刚打开或喝了一半的古井酒。这老人，每天一碗豆沫、两根油条、一瓶古井酒。

有不少次，我亲眼看了他吃早餐的全过程。拎着鸟笼从河南岸过大地桥而来，坐下，打开鸟笼，八哥从笼里优雅地出来，仰头叫声"你好"，然后，飞到他的左肩上。这时，朱幸福会倒一碗豆沫送到他面前，同时，帮他从老海的油条摊前捡两根油条，放在盘子里端过来。老人并不说谢，而是微笑着向朱幸福点一点头，算是致谢了。

老人并不忙着吃，而是从随身拎着的白布袋中，掏出一盒黄山烟，再掏出一瓶没有开口的古井酒。把烟点着，吞吐一口，这才拧开酒瓶盖。再抽几口烟，才把酒先倒入翻过来的酒瓶盖中，这是那只八哥的酒。站在他左肩头的八哥，见酒倒好了，就会喜喳喳地叫两声"喝酒"、"喝酒"！这当儿，老人才拿起酒瓶，对着瓶嘴儿，咚咚三口。这三口喝下去的足有半瓶。接下来，他会掰开半根油条，放在桌子上，这是八哥的。八哥用尖嘴啄一口酒，叼一小块油条；老人喝酒也放慢了，喝一小口，吃一小截油条。不时，八哥还与老人对视几眼。那眼神，如同父子般知己和亲切。

在那里吃早点时间长了，关于老人的身世，我还是听到了只言片语。连缀起来，大体是清晰可信的：老人姓康，民国时康家是亳州古城八大家之一，家里有缫丝厂、钱庄和布店，1949 年春天康家变卖家产后逃到了台湾，只有他父亲和母亲带着他留了下来；这老人年轻时聪明过人，考取了清华大学，后来不知什么原因就退学回来了；回来后先在亳州二夹弦剧团干过，后来又到丝绒厂干；二十世纪九十年代，厂子倒闭了，他就再也没有工作。他一生未娶，终日与八哥为伴。

三年前，修陵西湖湿地公园，早摊点被取消。从此，我再没有见过这位姓康的老人和他那只爱喝早酒的八哥。

今年春天疫情刚刚稳定，早上我到老街上遛遛。走到纸坊街口时，突然，听到朱幸福叫我。原来，他和海家搭伙的早点摊，搬进了这街头的两间铺面里。

我走进去，里面的人并不多，也就那么十来个人。朱幸福给我倒了碗豆沫，有些无奈地说，不少老主顾，不知道在这儿呢！

我又环顾一下正在吃油条喝豆沫的人，就问，喝早酒的八哥呢？

朱幸福叹了口气，有两年没见到了。我去南京巷找他，有人说他死了，有人说他去台湾了。他独来独往的，没人能说得清。

"他和那只八哥喝酒挺可爱的，怪想他们的！"我有些失落地说。

这时，旁边一位老人喝了一口豆沫，低着头接腔说，爱喝酒的人，谁没有伤感！唉，可惜了。

"嗯，可惜了。再也听不到那八哥说'走也'了！"说罢，我猛地喝了一口冒着热气的豆沫。

还是老味儿！

杜大顺

杜大顺是我的朋友，严格地说应该是酒友。算起来，我们认识快三十年了。

1993年，我调到酒厂工作。一个偶然的酒桌上，认识了杜大顺。那时，他有二十二三岁，比我小三四岁的样子。他喝酒很爽快，酒量也大，那一次，他喝掉的三十八度古井贡酒，足有一瓶。他家是做中药材生意的，当时，家里应该有几百万。那天，是他父亲请客，话语权在他父亲，他就是一个跑前跑后、喝酒、赔笑、点烟、买单的角色。但是，却给我留下了很深的印象：知礼，恰当。

接下来，一两年内，我们好像又喝过两三次酒。我们之间的谈话就多起来。他高中毕业，就跟父亲一道做生意了，走南跑北地给各家中医院送中药。人很开朗，也很单纯，就是爱喝酒。

后来，不知什么原因，我们就再也没见过面。时间长了，也就把他忘了。

2001年11月，第一场雪就下了。有一天晚上，我刚与朋友喝过酒，躺在床上正准备休息，手机响了。这电话是杜大顺打的。已经有五六年没有联系过了，我根本想不到是他，打了两次我才接。电话接通，他说，叔，我是大顺啊！想你了，想找你喝场酒呢！

我迟疑了一会儿，还是没敢搭话，真的一时想不起他是谁了。这时，他又说，叔，你忘了啊？我爹跟你是朋友，卖药的！我们喝过几次酒呢。啊！原来是他。

这个电话后的第三天晚上，我们在金色年华大酒店见面了。

他在酒店门口迎接我的时候，我第一眼竟没有认出来他。他这时已是标准的商人模样了，左胳肢窝里夹着个小包，头梳得有棱有角的，合体的深色西装，尖头皮鞋。这打扮让我觉得很生疏，也很不舒服。他引着我到了一个小包厢，里面的一个高个女孩立即站了起来。这女孩足有一米七，短发，丹凤眼，高鼻梁直挺挺的，先微笑后开口，端庄大方。

我一时有点蒙。这是摆的什么"鸿门宴"呢？

落座后，杜大顺先是介绍身边的女孩说，她叫梁爽，是我女朋友，不，是未婚妻！接着，又赔着笑脸说，叔，今天请你来，一是小梁知道你是作家，酒量又好，早想认识你！当然，更重要地是想请你当我们的证婚人。

我心想，我们交往并不多啊，怎么请我当证婚人呢？正在疑惑之际，杜大顺又说，叔，小梁读过你不少小说呢。崇拜你！

我笑了笑，真是不太好回答。很快，菜端上来了。杜大顺起身，从房间的传菜台上拿两瓶古井贡酒。我正想说，能喝这么多吗？他又转身去吧台拿过一瓶。然后，笑着说，叔，今天，咱爷仨，基础量一人一瓶！

"这，这，我现在不行了，喝不了那么多啊！"我急忙制止着。

梁爽就站起身说，叔，没事的。喝不了，我们替你喝！

"呵，你们酒量都这么大啊！不是一家人，不进一家门啊！"我心里有点犯怵了。今天，是遇到强敌了啊。

酒倒好，杜大顺和梁爽都起身，端起酒杯敬我。酒杯是那种一杯一两的，一口酒下去，胃里便感觉到了酒意。

这时，梁爽说，叔，我与大顺以酒为媒，是以命换命的朋友、恋人！

"啊！你们还真有故事啊。"我心情大好。一个写小说的人，当然喜欢有故事的人了。

杜大顺又端起一杯酒说，小梁，就喜欢看你那个叫《汪花脸》的小说，每次我俩喝酒，都讨论你那个小说！

写作者最爱听这话。我的兴致陡增，端起杯子跟他们主动碰了起来。

每人喝了六杯，都有些酒意了。杜大顺开始讲述他们的故事了。

那是 1991 年 11 月 22 日，他押车去烟台中医院送药。十分顺利，价格也合适，他很高兴，就让拉货的司机先走了，自己想到大连玩两天，买了 24 日 13 时 20 分由烟台到大连的船票。上午，他到了月亮湾景区，准备先看看。这里左挑烟台山，右依东炮台，背靠岱王山，山石、海水、港湾融合一体，很有气势。一东一西两座岬角拥着一片深月形的海湾，海水清澈，沙滩平缓，卵石晶莹，风轻境幽。一道宽约一米、长二十余米的木石长堤像一道长长的破折号，静静地伸向海中。

杜大顺八点钟就到了这里，这地方只有十来个人，冷冷清清幽幽静静的。他离铜雕《月亮老人》十几米的时候，突然看见一个高挑的女孩，正在一步步向海水里走去。当时，天气很冷，他立刻想到这女孩不可能在玩水，一定是要自杀的。于是，他赶紧跑过去，一边叫一边下了水。

说到这里，梁爽端起酒杯，站起来说，大顺，我敬你一杯！

一杯酒喝下，梁爽擦了擦眼里的泪水，停了一会儿，微笑着说，我那时真傻，为了几万块钱就要去死！

梁爽是烟台的女孩，自己经营服装生意。那时，海对岸的大连是全国高端服装的聚集地，由于没有经验，被人骗了八万块钱。当时，这钱有一半是借的。她讨还无门，一时想不开，准备跳海。

杜大顺把她救上来后，打车拉着她到市区一家商场，买了新衣服换下，把换下的湿衣服装在袋子里。一个多小时折腾下来，两个人都冷得打战。杜大顺就带着她来到一家小酒馆里，要了菜和饭。这时，梁爽说来瓶酒吧。于是，就要了瓶古井贡酒。

梁爽开始并不说话，就是一杯接一杯地喝。杜大顺就陪她喝。一瓶酒喝完，两人就又要了一瓶。两瓶酒喝完的时候，杜大顺才突然想起要去乘 1 点 20 分的轮船。这时，梁爽就说要送他上船。两个人打了车，赶到烟台港时，已经晚了十几分钟。他们看着"大舜"号轮船离港驶走。

杜大顺没赶上船，有些惋惜。梁爽就说，是自己耽误了他，要请他继续喝酒。杜大顺当时觉得梁爽还是有问题，想到救人要救到底，就想把她送回家。但梁爽就是不说家在哪里，执意要去喝酒，杜大顺只有顺着她。他们来到一家叫"缘起"的小馆子，又开始喝起酒来。

他们怎么也没有想到，这艘"大舜"号轮船在他们正喝酒的时候，已经遇风浪沉海了。生死于一念之间。杜大顺不是看到了梁爽，梁爽肯定跳海自杀了；如果不是救梁爽，杜大顺正常上船，肯定也生死难料。他们真的是互救了对方，给了对方一次生命。

一周后，我参加了他们俩的婚礼。从此，我们几乎每年都要聚两三次。

现在，杜大顺和梁爽已拥有了自己的中药片厂和服装厂。他们自己说，已是坐拥几千万资产的人了。

他们也快五十岁了，但依然喜欢喝酒。只要有时间，夫妻俩都会坐下来喝几杯，而且，更多的时候是喝着喝着就喝多了。

从他们身上，我相信了缘分，也相信了生死一念间这句话。是酒给了他们第二次生命和幸福。

每次喝酒时，我都要举杯祝福他们。

醉　贼

这是十几年前，发生在我们村里的一件事。

那时，村里的年轻人都去打工了，剩下的只是老男人、中老年妇女和孩子。夜里，村子时常被贼偷。村里就组织了看家队，黑炮爷当队长。

这天，黑炮爷敲过二遍锣，走到村西的草丛边。突然，他听到啪嗒啪嗒的声音。他心里一惊，贼莫非真的来了！黑炮爷把心提到嗓子眼处，躲在草丛里，盯着向这边走来的黑影。显然黑影没有觉察他，依然很慢地，啪嗒啪嗒地向他走来。黑炮爷并没有怕，屏住气，猫起腰，就等这人走过来。啪嗒啪嗒，啪嗒啪嗒，这人终于靠近了他，严格地说是他能扑到这人了。

这时，黑炮爷一跃而起，扑倒了这人。这人显然是一惊，想挣脱，黑炮爷就死死地压着他，然后扯起嗓子大喊，都起来了，捉贼啊！捉贼啊……

豁子婶是第一个听到喊声出来的。她赶到跟前，一边喊一边挥着手里的木棍，向这人的腿上砸去。这贼的上半身被黑炮爷压着，豁子婶就只能砸他的腿，一棍比一棍地狠，一棍下去这贼就嗷一声。不一会儿，手电光柱像一把把剑，向这边聚来。晃动着的光剑，胡乱地划破了夜空，划破了村子。

村子里的大人都来了。他们用绳子捆住了贼的胳膊。贼歪坐在地上，一言不发，有些惊恐地看着站在他四周的人。手电光照在他脸上，黑炮爷突然觉得这贼在哪里见过，年龄并不大，可能还不到二十岁。他头发乱乱的，衣服也脏脏的，低着头，眯着眼，一身酒气，似乎没睡醒一样。贼是被捆了起来，接下来该怎么办呢？黑炮爷看看四周的人，心里有了主意，他觉得应该将这贼审一审，让村民打一打，出出心里的惊气。这时，他看到了不远处有一棵碗口粗的楝树。他要把这贼吊在那棵楝树上，亲自审一审这折腾了他三个多月的贼。

贼在人们的吆喝声中站了起来。黑炮爷牵着绳，后面的女人们就不停地打，有对脸掴的，有向屁股上踹的，够不到的就朝他身上吐唾沫。来到楝树下，黑炮爷把绳子向枝杈上一撂，然后用力向下拉。见他拉得吃力，就又上来两个人拉。随着嗷的一声，贼的身子就直了起来，又嗷的一声，这贼的双脚就离地了。黑炮爷把绳头拴在树身上，拴了一道又拴了一道，感觉不会滑了，才放心。

接下来，人们就劈头盖脸地打过来。每个人心里都像有万丈怒火，有解不完的恨，这愤怒和恨就变成耳光、变成拳头、变成手里的棍棒、变成手中的鞋、变成唾沫，一齐向这贼涌来。这贼是在不停地嗷的，但他的声音被淹没在了这些人的声音中。打了一阵后，黑炮爷挥了挥手，想制止一下，但没有人听他的。这些女人们，一个个成了勇士，咬着牙、发着狠地一边打一边骂。黑炮爷喊了几声，人们才停下来。楝树下突然一片寂静。

黑炮爷看了看这贼，就厉声问道，说！你是哪里的？这人并不吭声。"你说不说，不说就打死你！"这时，人们又打了过来。黑炮爷挥了挥手，从长生家媳妇手里要过手电，他把光照在贼的脸上，心里一动，他觉得这贼他见过，而且是几天前他到集上买硫黄时见到的。

"你到底说不说？"黑炮爷又厉声喝道。这贼仍然没有反应。黑炮爷心里又一惊：这人不会是喝醉了酒的傻子吧？是傻子也得出声啊，从扑倒他到现在，只听到会嗷。难道是哑巴？想到这里，黑炮爷心里很复杂，有一种不知怎么办的迷茫。这时，豁子婶走到树前，她攥着绳子向下一坐，这贼就又嗷了一声。

"你到底说不说？不说你会被打死的！"黑炮爷又厉声骂道。贼仍然是一声不吭。

这时，人们更加愤怒了，纷纷挤上去，这愤和怒就又变成耳光、变成拳头、变成手里的棍棒、变成手中的鞋、变成唾沫，一齐向这贼涌来。一会儿工夫，这贼就连嗷嗷也不能了。黑炮爷意识到问题的严重性，让人停下来，他用手电一照，这贼已经口吐白沫，眼皮也塌了下来。

"快松绳，怕是死了！"豁子婶一边喊，一边松绳。随着绳子的松开，贼就顺着树干瘫在了地上。

黑炮爷蹲下来，把手放在贼的鼻子上，他虽然感觉到了还有气息，但已经是相当微弱了。于是，他仰头看了看四周的人们，说，这贼怕是不行了，打死了我们还犯法呢。快，快把他抬到我家去！

俗话说，死重死重，这半死的人也重得很，何况抬的人一多半是力量小的女人呢。至少用了快半个时辰，才把这贼抬到黑炮爷家里。黑炮爷把绳子拴在门框上。长生家媳妇，就从暖瓶里倒出热水来。她一边吹着，一边往贼的嘴里灌。这贼开始不张嘴，长生家媳妇就骂，不想活了啊！有人就蹲下来掰他的嘴，热水到了嘴里，他就吭一声。这时，黑炮爷点着烟，对人们说，都回去吧！他拴在这里了，天明我们把他送到镇子上去！

人们你看我，我看你，不知如何是好。

这时，黑炮爷又说，都回去吧！拴在这里了，天明我把他送到镇子上去！这时，人们才陆续散了，晃着手电光，各自朝自家走去。人们走了，黑炮爷关好大门，甩了手中的烟，急急地走回来。此时，他心里很难受，他知道这人不是贼，从这人被吊起来第一声嗷的时候，他就觉得这人可能是他在集上见到的傻子。但他没有办法，他只有让人们打，他也只有厉声的审，不然，就解不了人们心里对贼的恨。

他现在要做的，就是赶快给这人弄点吃的。

他拉开了煤球炉子，准备先弄碗稀的。月亮穿过云层，今天又是十四，月亮已经长得像他的铜锣一样圆了。黑炮爷手忙脚乱地给这人喂了稀饭。喝了稀饭的他，活泛了过来，已经能坐了。黑炮爷又掰开一个馍，把酱豆夹在里面，然后递给这人。这人一见馍，突然来了精神，一把抢过来，向嘴里塞去。

吃过东西，这人就睡了，而且是扯着鼾睡了起来。黑炮爷就坐在他的旁边抽烟，一支接一支地抽。他现在能做的就只有一条，把这人放了。如果不把他放了，天亮了，他真不知道如何收拾。放了也好跟村子里说，就说后来自己睡着了，这贼就自己跑了。

天快亮的时候，黑炮爷推醒了这人。他一手攥着绳子，一手扶着这人，向村西头唯一的出口走去。路的两边是一尺多高的杂草，把路弄得有些幽黑。微风吹过，不时有鸟儿从路旁的树枝上飞出。天快亮了，鸟儿也醒了。

出了村口有一里多路，黑炮爷才把绳子解开，然后说，走吧，快走吧！

这人看了一眼黑炮爷，很茫然地向前走去。

黑炮爷点了一支烟，瞅着那人一点点远去，一点点模糊，最终看不见了。

这时，黑炮爷才向村里走去。

黑　头

黑头与我邻村，他村的名字叫"篷大槐"，到现在我都弄不明白这名字的来由。他比我大两岁，我俩是一起入的学。那年，我刚满五岁，捧着母亲给我的三个鸡蛋到设在他村里的学屋报了名。

那是 1972 年，上面要求村村办小学，我们杨村、挖勺子王庄与篷大槐，三个村才凑了二十多个孩子。学屋设在一间破仓库里，四排泥台子，两个屋山上都挂着黑板。八九个稍大的孩子面朝东山墙那块黑板，他们是二年级；我和黑头等新入学的孩子面朝西山墙那块黑板，我们是一年级。

只有一个老师，他就是篷大槐的李绍英，既教语文又教算术。有时，还领着我们唱歌和跳绳。可能，那就算音乐和体育课了。

那时候，黑头不叫黑头而叫傻头。傻头一点都不傻，当时农村有个习惯，小孩子名字前带"傻"的反而是精或娇的。傻头弟兄三个，他最小，在家里当然是最娇的。我见过几次，他在教室里拿着他爹给他买的麻花，吃得满嘴咯咯响。我和班里的孩子围着他看，泥鳅每次都淌老长的口水。

傻头，咋变成黑头了呢？这就要从 1977 年春天，我们邻村的赵红脸打戏班说起。

那年，我们正在念五年级，学校已经合并到王井小学了。王井小学有五个班级，从一年级到五年级，教师也有八个了。

不知什么原因，这年春天赵红脸突然打戏班了。赵红脸年轻时在商丘豫剧团唱戏，人送外号"赵红脸"。那年春天，听说他打戏班了，周围村里不少孩子背着口粮去了他们村。"要得欢，进戏班"。戏班子吹拉弹唱穿绿戴红舞枪弄棒，学成了走百村吃千家，确实是我们那些孩子想往的地方。

赵红脸到学校招生时，我当即就报了名。回家后，却被母亲骂了一顿，说"一辈戏子八辈低"，死了都不能进祖坟地，说什么也不让我去。后来，我曾问过母亲，当时为什么就非骂着不让我学戏呢？母亲说了实话：咱哪交得起口粮和钱啊！

　　傻头因家里富裕些，又被他爹惯着，就进了戏班、学唱黑头戏，从此便有了黑头的外号。我们班那次一共有四人进了戏班，两男两女，傻头唱了黑头、秋芬学了敲锣、翠兰唱了花旦、马英唱了闺门旦。翠兰后来跟傻头结婚了，这是后话。

　　第三年正月初六，新戏班子就亮了相。戏台就设在我们上小学的王井庙台前。当时，这里既是大队小学，也是大队部所在地。听说我们班几个同学都要上台亮相，虽然那时我已在位岗中学读初三，正准备参加中专考试，但还是去听了戏。

　　那时候，我对豫剧不懂，不知道四生四旦四花脸、四兵四将四丫环这些生旦净末丑，更不要说声腔板式了，但却看得热闹和心动。

　　那天晚上，唱的是《铡美案》。傻头饰黑脸包公，翠兰扮的是秦香莲。

　　一直到现在，我还能记住翠兰那天的唱段：爹娘死后难埋殡，携带儿女将你寻；夫妻恩情你全不念，亲生儿女你不亲；手拍胸膛想一想，难道说，难道说你是铁打的心……

后来，我考取了外地学校，读了四年书后，又分配到离家几十里的地方工作。而傻头随着赵家戏班，在河南、安徽、山东三省村村镇镇演出，从此我们再也没有见过面。接下来，近三十年里，关于他的消息都是回乡时偶尔听到的：他与翠兰结婚了，他们生了一个女儿，他们都成了红角，翠兰跟他离婚后带着女儿嫁到郑州了；农村也不听戏了，戏班散了，他跟着一个响器班子在红白事上唱堂会，因喝酒太多哑了嗓子不能唱了，改为在响器班子里打梆子……

总之，各种消息都证明，他混得越来越差了，成了一人吃饱全家不饿的光棍汉。有时，我想任何人都逃脱不了时代的变化影响，他的命运很大程度上是与传统戏剧的命运一致的。当初，如果他不进戏班，人生就会像其他小学同学一样，按部就班地种地、打工、结婚、生子。最起码可以平平静静地度过一生。这样就一定好吗？真是说不清的。他进了戏班，几十年走南闯北，酸甜苦辣的戏剧人生，难道不是最好的经历吗？这样想时，我对他也就释然了，关注也越来越少了。

三年前的中秋，我回乡的时候，突然见到了他。这是我们别后三十四年第一次相见。正在路上与我聊着的堂哥说，你还认识前面这个人吗？他是傻头。人真快喝傻了。

我猛一看，确实不敢相认，细瞅瞅，小时候的眉眼模样没变。但他衰老的样子，还是让我有些吃惊。

傻头骑着一辆脚蹬三轮车，到我们面前时，停了下来。他以十分意外的眼神瞅着我。

"傻头，你认识他吗？"堂哥说。

傻头停了几秒钟，笑了笑，他不认识我，我也认识他的。这不是粮库吗！

我连忙掏出烟，递给他。笑着说，三十多年了，真没碰到过面。

他点上烟，吸了两口，笑着说，你走的是阳关道，俺过的是独木桥，咱不在一个道上，咋碰着面呢！这话，好像也是哪部戏里的词，我笑了笑。

这时，我闻到他身上的酒气，看到车子上放着一箱"古井玉液"和一捆啤酒。看来，他真是离不开酒了。

他蹬着三轮车走远了。堂哥说，他享共产党的福了，成了低保户，各种补助够他喝酒的。镇里也拿他没办法，钱喝完他就去镇里要，不给他就拿出老本行，唱戏词跟领导闹。

我有些不解地问，唱戏词闹？

"可不是。当官不为民做主，不如回家卖红薯。镇长还没有七品呢，当然不经闹腾了！"堂哥用调侃和不屑的口吻说。

从那次以后，我再没有见到过他。最后一次听到他的消息时是在半年前：他有天早上喝过酒，再也没有醒来。

村里人说是酒害了他。我却不以为然，人要是理性，酒怎么能害人呢。

在希望的田野上

1

　　齐家寺在洝水和涡河的环抱中。

　　由北拐向东的洝水，与由西弯向北的涡河交汇在一起，拱起一块如圆饼的沃土，使这个有着两千多人的村庄得风得水，成为药城难得的宝地。

　　齐家寺的秋天是彩色的、馨香的。

　　围绕村子的两千多亩土地，种植的全是药用菊花。菊花一块块、一沟沟、一垄垄，有白的、有黄的、有白中带黄的，也有黄中带白的，花朵挤着花朵，花影追逐着花影，潮水般浩瀚无垠，将金色的夕阳淹没成绚丽斑斓的花海。成群的蜜蜂忙碌地采着清香的花粉，翻飞的五彩蝴蝶忽高忽低，偶尔几只云雀飞鸣而过，引得花田边的孩子们向花海深处追去。

这时，村部门口的水泥杆上，屁股相对的四只大喇叭，正播放着张也欢快的歌声：

> 我们的家乡，
> 在希望的田野上，
> 炊烟在新建的住房上飘荡，
> 小河在美丽的村庄旁流淌
> ……

夏雨最喜欢听这首歌，也最爱唱这首歌。他来到齐家寺后，每天一早一晚都给村民放两次这首歌。

现在，他站在村子最南边的这片白色花海前，轻松惬意。这是低保户孔定邦的承包地，当初为了让他把这五亩地加入合作社，可真没有少费口舌。他嗅着微微的花香，看着眼前飞舞的彩色蝴蝶和金黄蜜蜂，兀自笑出了声。

这时，飘荡在花田上空的歌声，突然停了下来。怎么突然停了？他沿着菊花的田垄，快步向村部走去。他倒映在泚水里长长的身影，一点点缩短。

村部里怎么涌进来这么多人？足足有一百多个。

夏雨正要向里挤，村主任孔敦化站在二楼的走廊上，带着哭腔说，夏书记已经走了！都回吧，都回吧！上面一会儿来人处理！

这时，村部院子里的人，突然齐声大哭。这哭声像洪水一般，瞬间淹没了齐家寺。

出什么事啦？我死了？夏雨觉得，怎么像梦一样。

夏雨拨开人群，快步走到楼梯前，噔噔噔走上二楼。他没有给孔敦化打招呼，径直到了自己住的房间，他看到自己正安详地躺在床上，一动也不动。

啊，我真的死了？怎么可能呢！中午还与驴友旅游策划公司的周董喝酒啊。

楼下，村民们的哭声一波高、一波低，起起伏伏。

夏雨劝他们都别哭了，但没有人听他的话，依然高高低低，悲悲切切。

这是怎么了？我这是真死了，还是做梦！

突然，夏雨想起以前曾经看过的一本书，是德国医生雷蒙·莫迪写的《死后的生命》。雷蒙通过对四千个有过临床死亡经历的人进行调查，证实死亡是一个奇怪的历程，生命的最后时刻被拉得很长；一个人能够在一秒钟的时间里回忆起整个一生中发生的所有事情。不仅如此，脱离人体的"灵魂"可以存在七天。

我现在真的死了吗？

夏雨不敢肯定。眼前的情景，他却看得真真切切的。

现在，他觉得自己刚刚从一个狭窄的通道里飞出来，能看到自己一生经历的片断，以及正在发生和未发生的事情。

这一刻，真的很奇妙。

2

秋夜，是寂静的。

菊花散发着清香，夜雾裹携着花香，在星空下流动。合围村子的浉水和涡河，在微风中汩汩流淌，像是齐家寺村民的抽泣与叹息。

村部的会议室里，四个白炽电棒管发着吱吱的亮光。

室内，人们仍在你一言我一语地讨论着。

现在的话题已经转移到夏雨这四年的具体工作上了。他们在回忆、在争论、在探讨着夏雨的日常工作。

县委组织部陈稳部长，反问扶贫局局长马得胜说，夏雨在实际工作中是有些出格，有时与你们扶贫局的要求不太一样，但是，也可以说是创新。我们要以结果为导向，毕竟齐家寺是最早出列的贫困村之一。再说了，死者为大，无论怎么讲，他是为扶贫而死，是死在了齐家寺的扶贫脱贫工作岗位上。

孔敦化接着陈稳的话发言。

他说，一个干部好不好，关键看他为群众做了什么事，看群众满意不满意，而不是只看上面认同不认同。夏雨同志在齐家寺这四年，群众从怀疑、观望到支持，再到拥护，以至他三年任满后主动把他留下来，这就是最好的证明。难道这还不能说明，夏书记在齐家寺村民眼里是个好干部吗？

其实，他们的争论，夏雨听得清清楚楚的。

越听，他越觉得惭愧。自己的心路历程自己清楚，他没有别人心目中那么纯粹，也不是别人眼里那么高尚。他是一个真实的人，以前他就觉得所有英雄人物的内心，也都有一个暗角，当他被人们树成英雄了，才在外人眼里，成为没有一点杂质的钢铁好汉。

现在，这些人要把他树成典型，要把他打扮成英雄，他觉得自己是不够格的。不仅如此，他也一直反对这样的现象：人为什么死后才能成为英雄呢！

夏雨开始回忆自己从报名到今天，这四年来的枝枝叶叶和所思所想。

省委组建扶贫工作队的通知下发后，夏雨第一直觉就是要报名。他在厅里待得实在没有了兴趣，工作的四平八稳、人与人之间的真真假假虚虚实实、为针尖大点小事明里暗里的斗争较量，让他越来越压抑。

回想自己二十二岁进机关时，多单纯，整天有挥洒不完的激情，工作上也进步很快。他是农村考出来的，父亲当了一辈子大队书记，总是叮咛他，领导叫干啥就干啥，别跟人争、别跟人计较，干活、干活，只有多干才能活下去！

夏雨正是按父亲的要求去做的，他很快由科员到副科、正科，工作第六年就提了副处。当时，他是厅里最年轻的副处。可后来，由于自己喜欢发表不同意见，喜欢较真，每年考核都是合格或称职，十二年副处都没动，机会总是从他身边说不清道不白地走掉。

他这次报名，一是想通过环境变化调整一下自己的心态，也想过下去三年再回来，赏也该赏个正处了吧。其实，更重要的是，他想参与到脱贫攻坚这场伟大事业中，成为一个真正了解中国国情的人。他坚信，这个经历是值得的，也是难得的。

当然，他没把这种想法跟任何人说，包括妻子晓晴。

他是一个自尊的男人，他不想让妻子把自己看扁。他对妻子和父母只是说，脱贫攻坚是世纪大事，这件大事中应该有自己的努力。再者，也是想到农村换换环境，也好调整一下自己的身体！

妻子开始是阻止的，因为，女儿毛毛再一年就中考了。后来，她认为夏雨是想镀镀金，尽快评上正处，最终也就同意了。父亲开始总是怀疑他在厅里犯了错误，不然，人家都不下去，为什么他要下去呢？但最终也还是认可了，他认为在农村三年，接接地气、换换空气，心情和身体可能都会调整得好一些。

刚下来的时候，夏雨是有些后悔自己的选择的。那是五月初，药城的农村，杨絮纷飞，飞起来，杨絮夹杂着尘土漫天飘扬。他戴着口罩都喘不过气来。他来前想过，农村生活苦，但没有想到真的是"一夜回到了解放前。"

到村里走访，村民对他不热不冷，每到一个村要么没人理，要么就一群人围着他要求吃低保、要求自己成为贫困户。村里剩下的人基本都是老人、妇女和孩子，村子里里外外都被垃圾和杂草围困着，而且，有野鸡和野兔偶尔飞来蹿去的。农村怎么变成这个样子了呢？

村两委的干部，像木偶一样不动脑筋地开会、填表，总共有四十多种表格要填。会议也特别多，县里、局里、镇里，各式各样的会议，几乎每天都有。走访、排查也有规定，而且，每天必须用 APP 系统定位、录音、照相留存；省里、县里、镇里三级随机抽查……

夏雨真没想到，自己面临的工作会是这个样子。

他下来前，设想的根本没有这么复杂。他当时只是想，只要把上面的扶贫政策落实好，想尽一切办法带领村民，把集体经济搞上来，村民的生活水平提高就行了。谁知道，扶贫脱贫工作这么多条条框框，要靠这么多表格、走访、定位来"精准"。上面的真经，被下面的一级一级的和尚给念歪了。但他又不能改变，而且必须这样去做。他确实感到不适应。

然而，开弓没有回头箭，要想退回去，根本不可能。这不仅关系到自己的名誉，也关系到厅里的面子，甚至要受处分。带着这种复杂的心情，他走访了一个多月，最终下定了决心，干下去，而且要干出点名堂！

其实，真心换真心，只要付出了真心，群众是能感觉到温暖的。不仅如此，随着时间的推移，他感觉到群众是最需要帮助和温暖的，你给他一片真心，他就能给你一团火。群众最怕干部走过场，不给他们办实事。这些年，他们也为农村的变化焦急，随着进城打工的人越来越多，村子被淘空了，土地荒废了，人气散了，人与人之间的感情淡了。他们特别渴望，能有人真正带领他们把心聚起来，把力合起来，把日子过红火。

夏雨就是这样越干越有信心，越干越能找到感觉和用力处的。

他的努力，得到了村民一天比一天的认可与拥护。他根本没有想到，三年到期了，村民会自动捺红手印，到省里要求他继续留下。为这事，妻子晓晴跟他吵了一架；厅里关系好的同事也劝他见好就收，说厅里正好有个正处的坑，你这个萝卜如果这次进不了这坑，不知道又要等多少年呢。

但是，夏雨没办法拒绝齐家寺这么多村民热切的眼神，没法拒绝那么多鲜红的手印。

夏雨在回忆的时候，会议室也一直在讨论有关他喝酒的事。

十几路媒体记者也向齐家寺这边赶来。这个时候，关于他的死，必须有一个官方通报了。大家基本认可夏雨平时并不喝酒，每次喝酒都是事出有因，都是为了齐家寺的发展和招商。

这个正面的调子定下后，邵文成立即以宣传部的名义，起草了一篇通稿：

齐家寺第一书记夏雨意外离世

9月12日，省审计厅选派优秀干部、齐家寺村党支部第一书记夏雨同志，猝死在扶贫工作岗位上，年仅46岁。

夏雨是省审计厅副处级干部，作为优秀年轻党员干部，从省审计厅被选派到中国历史文化名村——齐家寺，担任党支部第一书记。他吃住在村，一心扑在脱贫扶贫第一线，为群众办实事、解难题、谋发展，带领村民种植芍药、菊花，建设花茶加工厂、培育花海大世界乡村游、引导村民经营电商、创建乡村文明实践所等，实现农民物质精神双丰收。齐家寺是全县首个脱贫摘帽村。他受到了村民的拥护和爱戴，被评为省优秀选派干部。在他完成第一个三年下派任务前夕，齐家寺200多位村民捺下鲜红的手印，到省扶贫办要求他继续留任。根据群众的强烈要求和夏雨本人的意愿，省扶贫办决定他继续留村工作三年。

得知夏雨去世的消息，齐家寺的群众无不悲痛不已。村主任孔敦化悲痛地说："我们失去了一位好干部、好战友，他的心里一直装着齐家寺，他是为齐家寺的脱贫和发展累死的，他是时代的楷模！"

据了解，夏雨去世前的中午，还去村养老院看望那里的老人，并接待了前来洽谈投资的客商。

药城县县委宣传部新闻科

3

夜深了，偶尔传来几声狗叫。狗叫声停了，夜显得更静了。

孔定平还是不能入睡。他一支接着一支地抽烟，心情很复杂。

他在为夏雨的死而伤心。虽然，夏雨来村里后，第一个就给他办了个难看，但他还是从心里佩服夏雨。他是一个讲道理的人，也不把人一眼看死，一是一，二是二。虽然，他把自己告上了法庭，在乡亲们面前丢了丑，但毕竟把他的媳妇吴晴花给治收敛了许多。

这还得从夏雨刚来到齐家寺说起。

夏雨来到齐家寺，走访几天后，就发现了一个突出的问题，那就是村里有不少老人得不到子女的赡养。有的贫困户家，有儿有女，儿女住着大房大屋，却把父母的户口拨开，让父母住在黑乎乎的老屋里，父母独立为户，年老体衰，无收入来源，被划为"贫困户"。把孝老的责任推给政府，进而推给扶贫干部、村干部。

在走访中，听得最多的是群众对扶贫的怨气。

几乎人人都说扶贫不公平，都在哭穷，有的住着宽阔的房屋，却说自己从来没得到政府送来的米、油等照顾，吃了不少的亏，算下来，自己最贫困，应该得到政府的照顾。帮扶干部对贫困户不是亲娘胜似亲娘，不是买油就是买米，不少帮扶干部甚至给贫困户买鸡、买羊、买猪仔。于是，催生了人人哭穷，人人争当贫困户，"要懒懒到底，政府来兜底"。

贫困户的收入核算中，子女赡养费是重要的一笔合法收入。

但实际操作过程中，却有很多子女并没有支付这笔费用。这其中有三种情况：一是，子女不愿意给，生活过得也比较拮据；二是，老人心疼子女，不愿意要，找政府要；三是，老人和子女串通好了，就说子女穷，出不起。

孔道三就属于第一种情况。

他儿子孔定平是个小包工头，妻子吴晴花在镇上超市做售货员，住着三层小楼，家庭收入在齐家寺应该算是较高的。但是，吴晴花坚决不同意给孔道三生活费。夏雨找孔定平和吴晴花谈话时，孔定平说他是想给，但不当家，吴晴花说孔道三前些年没帮助他们带孩子，就是不同意给。

夏雨觉得这是一个很不好的现象，必须想办法改善。

他就去做孔道三的工作，要他起诉儿子孔定平和媳妇吴晴花。开始，孔道三不愿意。夏雨就让村主任孔敦化去做工作，说这只是吓一吓吴晴花。如果你不起诉，就把你的低保户给取消。再说了，这也是吓一吓村里其他不孝顺父母的人。我们齐家寺是以儒家文化为传承的，现在成为这样子，真是世风日下。孔道三读过几年书，算是开通的人。最终，他同意起诉儿子。

夏雨给县法院商量，最终以流动法庭的形式，把这个案子的开庭地点，选在了齐家寺村部。开庭那天，村里要求每户必须来一人旁听。

这次开庭效果出乎意料。通过民事庭的宣判，不少村民回去后，对父母的态度就变了。他们终于知道，这不是想不想赡养的问题，而是法律真能治罪的大事。

开庭后的当天夜里，夏雨很晚都不能入睡。

他在思考如何放大这个事件的效应，发挥以德治贫的作用。绝不能让有些人钻政策的空子，利用老人来获利，把扶贫资金当作"唐僧肉"，将老人赡养义务推向社会、推给国家。再者，现在精准扶贫是要解决钱和政策用在谁身上、怎么用、用得怎么样等问题。养老是子女的义务，分户并不能免除成年子女对父母的赡养责任，也绝不能借老年人没有收入，人为操作将他们评为贫困户，更不能以养老的名义套取扶贫资金。

为了从根本上解决这个问题，夏雨决定第二天就召开村两委会，讨论签订《齐家寺赡养老人协议书》。

村两委会成员，有的认为扶贫还是应该多想办法给上面要政策要钱。每户都签订协议，好像齐家寺村民都不孝顺一样，怕有负面影响。但是，很快大家就统一了思想。

夏雨是急性子，他想好了的事说干就干。

第三天，村里就召开了"依法赡养老人宣传动员大会"，有关老人及子女参加会议。动员会得到老人们的普遍支持，子女们也无话可说。动员会后，就立即签订了协议。协议上有被赡养人姓名、与子女的关系、身份证号，各位赡养人的姓名、身份证号等。协议详细约定了赡养的义务、方式等。子女在外面打工的，则通过电话、信件等方式进行沟通、签约。

签过协议后，不少老人感慨地说：在齐家寺没想到赡养老人，还要靠这一纸协议。生儿养女防备老，这话看来要过时了！

这件事在全县属于首创。夏雨在全县扶贫座谈会上介绍时，也引起一些不同议论。有的说，扶贫不能走歪了，不能踢皮球。但是，文中山县长却肯定了夏雨的做法。他说，扶贫就是要先扶志，小康社会，首先要求村民的心理要健康。

文县长定了调，很快各镇村也推广这个做法。

全县通过这样一次精准识别，去掉了 1100 多个此类低保户。在这件事上，马得胜对夏雨给予了充分的肯定。总算缓解了他俩之间的紧张关系。

农村工作难做，难就难在每家每户的家长里短、鸡毛蒜皮的纠纷上。

这些小事，积累起来就会成为化解不了的矛盾。这一点，夏雨在省厅工作时，是万万没有想到的。

夏雨到齐家寺刚半年的时候，就遇到了一件哭笑不得的事。

那天，他正在村部组织召开"危房改造专题会"。

两个女人吵吵闹闹地进了村部。年岁大的妇女叫侯金芝，花白的头发，有五十多岁了，一脸的血；年纪轻的是邹珍，三十多岁。她们动手打架的原因听起来很好笑，是因为邹珍家的母狗与侯金芝家的公狗跳狗子的事。按说，狗和狗之间交配，主人犯不着吵架的。但是，两只狗是在侯金芝家的菜园里行的好事。狗和狗的交配时间又特别长，最终把她家的白菜给踩坏了十几棵。

侯金芝说，是邹珍家母狗勾引了她家公狗，要邹珍赔白菜。邹珍说是侯金芝家公狗强奸了她家母狗，别说赔白菜了，她这要替自家的母狗讨说法。两个人在村部吵闹了一个多小时，最后，还是孔敦化以长辈的身份，把她们两个人都骂了一通，让邹珍赔50元药费，才算了事。

她们走后，夏雨觉得事情不会这么简单，她们不可能因为几棵白菜，就大打出手。在跟孔敦化谈心后，才知道背后的隐情：原来，邹珍的男人长年在广州打工，外面有了女人，邹珍在村里也开放了自己，成了给钱都可以上的"公共汽车"。侯金芝的男人在县城打零工，每天都回来的，虽然辈分上比邹珍长了一辈，但他们却好上了，侯金芝的男人隔三岔五地就往邹珍家跑。

这件事后，夏雨就一直在想，乡村道德问题，也应该是他这个第一书记要关注的事。虽然看似与扶贫无关，但从根子上却十分重要。道德沦丧的乡村，即使脱贫了，也不能算是实现了小康。

道德重塑最有效的办法，就是正面引导。

夏雨想到了村里一个叫丁桂荣的妇女。他对丁桂荣印象很深，认为她可以作为一个正面典型。

丁桂荣四十九岁，丈夫早逝，两儿一女。她家生活不太好，但竟然照顾着两个五保户：一个是孔定军，七十一岁，是她丈夫的堂伯父，住在她家里。孔定军长期患心脏病，行动不便，严重的时候吃喝拉撒都在床上；还有一个是孔道彬，也和她住一个院子，患有胃病，自理能力尚可。夏雨走访时，丁桂荣告诉他，她嫁过来时才十八岁，丈夫十七岁，那时婆婆已经瘫痪在床，照顾了五年才去世。之所以嫁来这么早，就是婆家没人干活、要照顾家庭……

听了她的介绍，夏雨当时就感动了。就是自己的父母，又有几人能做到？他想，她肯定还有更多的故事，这是一个孝亲的榜样，也一定能起到对其他妇女的引导作用。

第二天，夏雨就安排大学生村官周亮，整理丁桂荣的事迹，并请来县文明办的人现场调查。

通过县文明办的申报，丁桂荣在年底被评为"省级好人"。这时，夏雨认为时机成熟了，他召集两委成员研究，决定召开"齐家寺村第一届妇女代表大会"。

经过入户动员，妇女们积极性很高。开会那天，村部来了42位妇女代表。年纪大的拄着拐杖，年轻的抱着孩子。现场虽然有些乱，但发选票、投票、计票却很有序。结果，丁桂芝当选主席，其他三位妇女当选副主席。

最后，夏雨代表村两委会，作了讲话。他说：

姐妹们，历届村党组织都是有责任的！我们做得很不够，新中国成立多少年了，我们齐家寺村才召开第一届妇女代表大会！我希望这是一个良好的开端，新成立的妇联要担起责任，为姐妹们做主。

　　有句话叫，妇女能顶半边天。现在，村里的青壮男人都进城打工去了，你们就顶了整个天！既然顶了整个天，那我们在座的各位，就要有主人翁意识。大家知道，我们村现在还是全镇为数不多的贫困村之一，人要往高处走，不能以贫困为荣。在脱贫攻坚这场战役中，希望大家在村党支部和村妇联的带领下，共同努力，建功立业，实现价值，造福子孙！

　　夏雨那天很激动，他的讲话赢得了大家阵阵掌声。

　　散会后，他送代表们走出村部时，看到公开栏里已贴出了选举结果。一瞬间，夏雨眼里竟充满了热泪。他是为这个"第一届"高兴，也是为基层妇女组织的涣散而心痛……

4

　　夏雨没想到，自己的死在短短十多个小时，就成为了世界性新闻。

欧洲一个地区的《法兰汇报》，首先以"中国一位扶贫干部因公款吃喝不幸遇难"为标题，在网上报道。这篇文章虽短，却以嘲讽的口气说，中国有不少公款吃喝的"酒肉"干部，从而诋毁中国扶贫政策。国内也有十几家论坛和公众号，发布夏雨因喝酒而死的消息，标题可谓五花八门、吸引眼球。

这都是什么呀："脱贫任务艰难，干部以酒消愁而去"、"夏雨之死打了谁的耳光"、"省派干部为脱贫招商，英雄醉死！"……夏雨看着这些标题和文章，无奈地笑了。

这些人还在开会，宣传部长邵文成一再强调要保密。但在这互联网时代，怎么保得了密呢？人人都是自媒体。起因就是村里两个人发了抖音，接着，这一消息就迅速传播开来。

其实，这些消息是不真实的，或者说不客观。

夏雨认真回想起今天上午的宴请。他自己是清楚的，从自己的酒量上说，并没有喝得太多。

这一周内，他先后去北京，找驴友旅游策划公司周董事长，到省审计厅请求厅里支持，加上第三方来抽查、验收，一直都没有休息好。加上自己有心脏早搏的毛病，对于他的死而言，酒只是诱因，并不起主导作用。但自己现在跟谁解释呢？自己不出来解释，媒体如何平静呢，这样会给政府抹黑的!

夏雨想着这些，心里十分懊悔。

你们别讨论是不是把我树成典型了，赶紧把我的后事处理了，千万不能因自己，影响扶贫这个世纪之战的形象。

事实上，在来齐家寺这四年里，他是大醉过几次。

但这并不能说是自己贪酒。哪次大醉都是事出有因，都是为了工作，当然，有时也是因为自己太实在，不肯偷奸耍滑。

夏雨一边后悔，一边回忆自己喝过的几场大酒。

第一次醉酒，是在村两委的鸿门宴上。

别看这两千多人的小村，名堂可大着呢。齐家寺是中国历史文化名村。近的说，刘邓大军千里挺进大别山，曾在这里打过一次大仗，歼敌一个团；再向前，唐朝诗人王昌龄曾被亳州知府杀害于此；再向前推，就与孔子有关联了。

那年入秋，天气特别热，孔子的车马走到这三面环水的小村。此时，一个妇女正在井边提水。渴得难忍的孔子一行，停下车，向妇人讨水喝。那妇人看了他们一眼，把扁担往井口上一放，站在井边说，"请孔圣人回答，我这样把扁担往井口上一放，是什么字？答对了请你师徒喝水，错了，请自便！"孔子微微一笑，"井上放根扁担，就是个'中'字。"妇人失望地说，"我还在井边呢，应是个'仲'字，请自便吧！"说罢，挑起水筲，一摇一摆地向南走去。

太阳照下来，孔子和子贡诸弟子的脸显得更红了。孔子一行，是到药城向老子问礼的，没想到还没进城，随便碰到的一个村妇就这么有学问，他们就不好意思地悄悄离去了。

不知过了多少年，这个村子来了一位姓孔的人家，在此落户繁衍。后来，村南头涡河边上建寺，村子也改名为齐家寺。自此，修身、齐家、治国、平天下，便钉在了齐家寺人们的心里。

现在，情况却大不相同了。尤其是这二十几年，村里的儒风一点也没有了：村里的孔姓和王姓两家大姓不断争斗，不赡养老人，打牌聚赌，甚至还有人在村里做起了暗娼。镇、县派了几批干部驻村，效果都不明显。这次，夏雨就是在省组织部"硬选人"、"选硬人"的背景下被选派下来的。

夏雨刚来到村子后，就感觉到村书记王玉品和村主任孔敦化两人，面和心不和，这使得村两委的七个人也分成两派，表面打哈哈，暗地里较着劲。但他们对夏雨，表面上还都是热情和抱着希望的。夏雨是从审计厅派来的，用他们的话说，是个有权有威的衙门，可以给齐家寺弄到钱。但夏雨到村后，就只做两方面的工作：一是，给每一位两委的成员谈心谈话；二是，进村入户，一家一户了解情况。

这样过去一个多月了，一没向上面要钱，二没出什么计划。

王玉品和孔敦化有些急了，他们决定要请夏雨喝酒，以探虚实。夏雨推脱了几次，王玉品就说，这酒是两委成员自己凑的钱，绝不违反纪律，如果看得起我们，今晚就干！锣鼓都敲到这个点上了，如果不从，灰了他们的面子，以后就很难与他们打交道。村里的锣鼓村里敲，与村干部打交道，如果不喝酒，那是永远热乎不起来的。

那天晚上，夏雨虽然是喝多了，但硬是把鸿门宴喝成了入伙酒。取得了他们的初步信任，也解开了王玉品和孔敦化两人心中的一些疙瘩。

第二次醉酒，是为了花茶加工厂跟酒阎王喝酒。

孔定邦不住在村里，而是独门独户地住在村南头，紧靠涡河。孔家三辈都是劁猪匠。劁猪匠一般是胆大心狠之人，吃的刀子饭，连猪狗都怕他十分，何况女人呢？十个劁猪匠有八个是寡汉，干上这营生，就意味着一个人吃饱了全家都不饿了。他这一生除了劁猪骟狗，就是喝酒。

按理说，他一个人挣钱肯定够一个人花。但是，现在村里没有养猪了，他也就靠父亲和他的五亩地生活了。这人抠得很，尿泡尿都得用细箩筛筛，但特别喜欢喝酒，每天至少一斤。他喝酒却从不吃菜，就一个大盐疙瘩。喝一口酒，舔一下盐疙瘩，再喝一口酒，再舔一下。一个蚕豆大的盐疙瘩，够他就酒喝一个月的！人送外号"酒阎王"。

两年前，夏雨通过省厅介绍，从药都亳州引来一家花茶加工厂，投资1000万元。投资商董事长方明正，把厂址选在村南。酒阎王家的土地正好在中间。出让他不肯，流转他不同意，就在那里别着。村里的干部轮番去他家做工作，他却死活不给面子。

为了工厂能建起来，夏雨想，无论用什么办法，都得把这酒阎王拿下。一天晚上，夏雨拎着两瓶古井贡酒来到了他家。孔定邦见夏雨拎着酒来了，就一句话：夏书记，你要真有诚意，咱俩把这酒喝了！

说着，从桌子上拿棵大葱递了过来。夏雨没有说话，而是从上衣兜里掏出《土地流转合同》，拍在了桌子上。

两瓶酒打开，每人一瓶。孔定邦手里拿着个盐疙瘩，夏雨手里拿了棵青葱，两个人对饮起来。

夜色深蓝，繁星点点。月亮偏西的时候，夏雨才拿着合同书，一摇一晃地走回村部。

第三次醉酒，是在除夕村民办的流水席上。

去年除夕的早上，夏雨收拾好东西，开通了村里的大喇叭。

他给村民再次广播了县里《做文明村民过文明春节的倡议书》：

遵德守礼、文明过节，倡导新风、节俭过节，
遵规守法、平安过节，关爱友善、互助过节，移风
易俗、文明祭扫……

现在，各级政府真是为群众操碎了心。读着这些内容，
夏雨还在心里想，群众是需要教化和引导的，要建设一个文
明和谐的社会，各级干部真是要夙夜在公、久久为民啊。

快到十一点时，夏雨在广播里给村民们拜过年后，又分
别给镇里、县里几个领导打了电话告别。他发动自己的那辆
中华牌轿车时，村民刘永德扛着竹篮子拦住了车头。

刘永德今年65岁了，可中秋节前他的身份证上才55
岁，与实际年龄差了10岁。他多年前就找派出所，派出所
也来取过证，但每次都不了了之。中秋节前的一天，刘永德
用架子车拉着他90多岁的母亲来到村部，他让夏雨看看自
己可是六十年代的人。

夏雨一看就知道，肯定当时登记户口时写错了。原来农
村没实行高龄补贴时，刘永德也没有问过，现在60岁可以
领补贴，而且70岁以后补贴标准还会提高，这样算他的损
失是不断增加的。

夏雨立即请派出所和镇民政所开会，最终，经县公安
局户政股协调，以调查材料为依据，替刘永德更正了身份证

年龄。

刘永德从篮子里拿出一瓶酒说，夏书记，你今天得喝了我这酒才能走！我和老娘得感谢你！

夏雨笑着解释道，自己不能喝酒，要开车回去。刘就说，那你到屋里吃俺一块元油肉总行吧，这是90多岁的老娘亲自做的。夏雨实在不好拒绝，就又打开办公室的门，把刘永德让进屋里。

夏雨在屋里真的吃了一块肉，又吃了一块煨鱼，点上了刘永德递上的烟。他想把这支烟抽了就出发。可这时，村部又进来了两个人，都端着菜拿着酒。这是怎么了？夏雨起身向屋外走，才看见有十几个端着、提着菜的村民，正向村部大门走来。

那天中午，全村有六十多户人家，把菜和酒都拿到了村部。

这事并没有谁提议，而是村民自发的。开始，夏雨是坚持不喝酒的，他必须回省城给妻子和女儿一起过个年啊。后来，孔敦化说，已经派人去省城接他妻子和女儿了，村民们想请他们全家在齐家寺过个年。

夏雨真的感动了。他开始与村民碰酒、猜拳。当妻子晓晴和女儿毛毛来到村部时，夏雨已喝醉了。当着那么多村民，他抱着毛毛和晓晴，哭了起来。

这时，村部前燃起了火红的鞭炮。

5

八项规定实施以来，喝酒成了公职人员的大忌。

工作时间饮酒，往小处说是违反工作纪律，往大处说是顶风作案。夏雨平时是十分注意的。工作时间，尤其是中午，他都严格要求自己不饮酒。

今天中午怎么会喝酒呢，而且，喝得那么多，喝成了猝死？

夏雨看着县委宣传部起草的通稿，他后悔至极。

中午，他是喝多了一些，但与平常相比并不算多，他的记忆特别清晰。

接待周乐天董事长一行，是在"小红农家乐"吃的。

"小红农家乐"是村里第一个办起来的，也是最大的。为了这个农家乐，夏雨可真是没少操心。

小红原名孔定红，因无兄弟，父亲给她找了个倒插门女婿。孔定红原来在县里一家酒店做面案，她看上了一个年轻的厨师。父亲硬把他们拆开，"娶"来一个叫阿福的男人。阿福说傻也算不上傻，但人是憨憨的，像只呆鹅一样。为这事，孔定红还喝过一次农药，差点死了。但她爹也是犟脾气，孔定红最后只有听从她爹的。

阿福进门后，倒还不错，像头牛一样，一天到晚在地里或家里忙个不停。孔定红他们三年生了一儿一女两个孩子。孔定红要在家带孩子和照顾父亲，阿福就跟着村里人去连云港捞海带。

没想到，他刚去不到半年，就掉海里淹死了。

孔定红要照顾两个孩子一个老爹，家里没有人能挣钱了，是村里最困难的。她也想再找个男人结婚，可面对她家的情况，愿意来的要么是比她大得多的老光棍，要么就是残疾或半憨半傻少根筋的男人。她就一咬牙，认了命，不再想嫁人的事了。

夏雨来后，了解到这种情况，考虑到孔定红在酒店干过、会烧菜，就动员她办农家乐。

开始的时候，孔定红因没有本钱，也怕赔钱，不敢干。后来，夏雨给她担保贷了四万块钱，置办了锅灶、桌椅、餐具，又动员村里两个干活麻利的妇女，给她帮忙。"小红农家乐"很快开张了。

孔定红毕竟在县城酒店干过，人也肯吃苦，加上到村里来看花的城里人越来越多，生意很快就红火起来。

为了发挥典型示范带动作用，村里来人接待，也都放在她家。

这些天，夏雨心里十分高兴，但他一直压着。

　　虽说自己只是齐家寺村第一书记，但毕竟是省审计局下派的副处级干部，怎么也不能在周乐天和他的团队面前，露出自己的得意来。

　　周乐天是驴友（国际）策划公司的董事长，夏雨去北京三趟才把他请来。今天，终于谈判成功，并顺利签订协议：驴友（国际）策划公司，在齐家寺成立"齐家寺花海大世界旅游开发公司"，保证每年引流中外游客十万人以上；十万人以内每人按 25% 提成，十万人以上的游客五五分成，游客不足十万、按 20% 门票价补齐。

　　这真是天大的好事。

　　夏雨在心里盘算过多次，即使每年能来十万人，剔除他们的提成和管理成本，按每人门票收入 20 元，一年村里也可以收入 200 万元。再加上这些人吃住购的消费，齐家寺一年的综合收益肯定会突破千万。这个不足 1200 人的村子，不仅仅是脱贫，而且，能保证脱贫出列后，一些新返贫户的后续保障!

　　虽说现在上面规定中午不能饮酒，但这是招商引资，而且，这个周乐天还特别爱喝酒，不摆酒席肯定是不行的。午餐就安排在村子里的"小红农家乐"。

三天前，夏雨就安排孔敦化亲自督办这场酒席，一定要突出土、特、纯、农家、自产五大特点，所用鸡鸭鱼蛋葱姜菜蒜，必须是齐家寺自产的。孔敦化接到任务后，小范围召开了接待专题会议，大家讨论出三大原则，即要以振兴村级经济的高度站位，以展示齐家寺风土人情的标准要求，以弘扬齐家寺千年儒家文化的传承为目的。

站位决定态度，态度决定高度，付出定有收获。

周乐天一行来到酒桌前，就掩饰不住喜悦地对夏雨说，夏书记，你和班子的作风就是齐家寺的希望！今天，我们这场酒绝不是单纯为了吃，而是一场调研和考察。吃住行游乐购，在旅游这行当，吃是第一位的！

六道凉菜上来。孔敦化代表村两委致辞。致辞结束，夏雨主持开席。

齐家寺是当年孔子从山东来药城向老子问礼而留下的，在大儒文化的背景下，待客饮酒更是要注重礼仪：每人先饮三杯敬天地神，接着再饮三杯敬日月风；敬过天地神、日月风之后，每人再共饮三杯祝福新时代。这九杯酒饮毕，才开始主人敬客人。

夏雨起身，连续敬周乐天六杯酒，意旨是六六大顺，庆祝合作成功。

周乐天是游走世界的驴友，当然在酒上不能怯场。何况这酒上的是他最爱喝的蓝之梦。老话说，艺高人胆大、量大人不怕，夏雨带领的村两委一班人与周乐天带领的驴友团队，进入混战阶段后，那真是强敌遇到对手，没有一个尿的。周乐天说，驴友团队喝酒的口号是：两贵——酒品如人品贵在一个真，酒场如战场贵在一个拼！

孔敦化也不示弱，他舞动着右手说，齐家寺两委喝酒的口号是：三开——开箱不留瓶，开瓶不留酒，开喝不留人！

这场酒一直喝到下午三点。

夏雨觉得有点多，但他一直绷着神经，把周乐天一行送出村口时他还是清醒的。被人扶着进了村部住处后，他就模模糊糊地记不清了。

躺下没多久，他好像做了一个梦，自己从床上飞了起来，飞出村部，飞到村前的花海。

院子里的村民，一个也没有了。

会议室里却挤满了人。

县长文中山、组织部长陈稳、宣传部长邵文成、纪委书记查计划、扶贫局局长马得胜、公安局长孙豫东、镇党委书记司永久、镇长芮金波，加上一些秘书和其他人员，把会议室坐得满满腾腾的。

他们还在争论着关于夏雨的死如何定性的问题。

孔敦化和芮金波代表村和镇里，说夏雨是为招商喝酒而死的，为齐家寺付出了生命，不树为英雄典型，村民不答应。

马得胜说，在全县扶贫中，夏书记虽有想法也有实绩，但齐家寺因扶贫死过人，现在他自己又喝死了，这是硬伤。

查计划的观点是喝酒明显违背中央八项规定。

陈稳主张要充分研究，不能匆忙结论，要对夏雨所在审计厅和他家人负责。

邵文成主张立即封锁消息，在没有定性之前一定要控制舆情，一旦控制不力，将会对药城和省里带来意想不到的后果……

夏雨听着这些人热闹的争吵，竟然在心里笑了。

死了，死了，人都死了，不就一了百了吗。怎么会闹出这么大的动静？

会场上的人一直在争论着。

县长文中山出门接过电话后，回到会议室说，按照郑书记的口头指示，今天夜里必须要定个大调子！调子怎么定呢？我的意见是，大家的发言都要有具体事例佐证！现在开始逐一发言。

会场立即寂静下来。会场中，只有每个人的呼吸声相互交织。

夏雨在会议室的窗台前，听得清清楚楚的。

6

第一个发言的，是公安局局长孙豫东。

从公安的角度，孙豫东建议应该立即解剖尸检。他说，夏雨同志酒后死亡，原因不外乎两种：要么是身体突发疾病，要么是食物中毒。尸检后，原因自明。镇长芮金波首先提出反对。他说，如果是食物中毒，中午一起吃饭的人为什么都好好的，没有任何有不良反应，这一条完全可以排除。如果说，他是酒精中毒而死，根本不需要解剖尸体。我以前听夏雨说过，他有心脏早搏的病。我认为，他肯定是心脏出了问题。

这时，陈稳部长插话。他说，我是赞成进行尸检的。如果检查出夏雨是因心脏病突发去世，那后面的事情就很好办了，就可以认定他是在工作岗位上，因劳累过度心脏病突发而死的。

孙豫东立即附和陈稳的话。他说，如果大家同意尸检，我立马通知法医过来。最好，再从县人民医院把心脏科主任也调来。

　　夏雨对孙豫东是熟悉的。

　　半年前，才跟他打过交道。那是村里出了投毒案之后的事。

　　刚入夏没几天，贫困户孔定玉家喂的二十多只鸡，一天内全部死了。他和老伴认为可能是鸡瘟，老伴心疼得直掉泪。她原来打算等鸡长大了，可以下蛋，中秋节和过年的时候杀几只呢。对于他老两口来说，把这些鸡养大，是他们改善生活的好办法。没想到，竟突然死完了。

　　让他老两口没有想到的是，没过几天，长得肥胖的六只鸭子，也突然间全死了。他们活了七十多岁，家里从来没出现过这样的事。孔定玉的老伴平时就心疼东西，现在，她不舍得把鸭子埋掉。她烧开一锅水，想把鸭子毛煺了，腌起来慢慢吃。可是，在剪开膆子时，她却闻到一股3911的农药味。

　　不好了，肯定有人投毒！老伴大声地把孔定玉从院门口叫回来。

　　这些鸭子没出院子，怎么会吃到有药的麦粒呢？这不明摆着是有人投毒吗！孔定玉和老伴都紧张起来。这是谁干的呢？咱老两口也没招谁惹谁，得有多大的仇气，才下这黑手啊。孔定玉的老伴擦着眼泪说。

孔定玉坐在小板凳上，一声不吭地抽着烟。两支烟抽完后，他突然说，肯定是王献中这个鳖孙！他老伴听后，想了想，拍着自己的大腿说，肯定是他！我的乖乖，王献中你真阴毒啊，腊月里吵的架，小半年了你还投毒。

那是腊月二十中午。阴了半月的天突然放晴，太阳暖烘烘的。孔定玉老两口，用热水烫了两盒伊利牛奶，坐在大门口，边晒太阳边用吸管慢慢地吸。这牛奶是帮扶人梁科长送来的。梁科长每月都来一次，问一问扶贫政策落实得咋样，可有什么困难要解决之类。他每次没有空过手，都拎一箱牛奶过来。说是老年人多喝点牛奶能补钙，脚底下扎根。

他们正喝着，王献中从东边走了过来。

王献中是低保户，没有孔定玉这样的贫困户享受的政策补贴多，加上他的帮扶人是一位教师，来走访时也不带东西，他心理很不平衡。他曾经到村部找干部闹过，说有的人比自己家的日子过得还好，为什么就是贫困户？为什么给自己分的帮扶人是教师，给别人分的帮扶人是干部？

现在，他见孔定玉两口子正喝着牛奶，就骂了起来：奶奶的，俺也不知道咋恁倒霉，摊上个穷老师，都是空着俩爪子来！

孔定玉听到王献中骂他的帮扶人，就小声说，真是没良心，人家帮扶你，你还骂人家！

王献中听到了，站着不走了，大声骂起来：你个孬孙说谁？

你可是吃粪了，嘴恁臭！孔定玉的老伴接上了腔。

接着，三个人就你指我、我指你地骂了起来。

这时，孔敦礼听到他们在骂架，从西边走了过来。

他走到三个人跟前，并没劝阻，而是幸灾乐祸地站那里听。当他听明白，孔定玉和王献中是因为帮扶人送不送牛奶的事骂架，心里酸溜溜的，很不是滋味。孔敦礼没有进入贫困户，他心里一直很不得劲，这些贫困户享受政策后，日子比自己过得还好，时不时有人到家里送东西，比闺女都强。像孔定玉，以前日子哪有他孔敦礼过得好，可现在不一样了，戴上贫困户的帽子，一年补两三千块钱，过上了神仙一样的日子。

想到这些，孔敦礼把烟头一甩，大声地骂起来：××××，没事靠骂架消化食儿！都是扶贫的政策饭撑的！

孔定玉回忆罢跟王献中吵架的事，认为这毒肯定是王献中投的。于是，他们就拎着鸭子到村部去了。

见到夏雨后，孔定玉就把王献中投毒的事说了。

夏雨听完后，觉得这事不能小看，投毒可是犯刑法的事。亏了是药死鸡鸭，如果毒死人那可就出大事了。

孔定玉两人走后，夏雨立即找村主任孔敦化商量。

夏雨认为，他们只是骂过架不至于投毒。这事不能简单
地就断定是王献中干的。孔敦化一口接一口地吸着烟，并不
言语。他在想，孔定玉与王献中之间曾经发生的事。

那是 1987 年秋天的事。

孔定玉家的麦秸垛被人放火烧了。孔定玉怀疑是王献中
干的，就暗地盯着他。果然，在没过几天的夜里，王献中用
镰刀刮孔定玉家泡桐树皮时，被抓到了。为此，王献中被县
里拘留所关了半年。从此，两家坐上了仇。

听孔敦化这样说，夏雨觉得事情复杂了起来。他说，王
献中为什么会烧孔定玉家的麦秸垛、刮他家树皮呢。

孔敦化就笑着说，他们两家有一本糊涂账，到现在也弄
不清。那年收麦的时候，王献中睡在麦场里看割下的麦子，
他媳妇睡在自家院子里。后半夜的时候，有人到他家院子里
给他媳妇行了好事。割麦的季节女人累得狠，以为是丈夫，
眼也没睁就那样被干了。

天快亮的时候，王献中回来了，他到媳妇床上，也想行
好事。他媳妇就说，你吃枪药了可是，半夜刚回来弄过，咋
还要弄！王献中一听，坏事了，有人把他媳妇给偷了。王
献中说自己没有回来过，他媳妇想了想，就大哭起来，边哭
边说，肯定是别人！当时，我还想你平时都是一下一下地慢

攻，这回咋像着火一样一下连着一下地快进！

　　王献中扇了他媳妇两巴掌。他想到平时孔定玉喜欢给他媳妇开玩笑，就怀疑是孔定玉干的。他立即拎着棍子去找孔定玉。拿贼拿赃、捉奸捉双，孔定玉当然不承认。后来，还是孔敦化给压了下来。

　　夏雨跟孔敦化商量，这毒无论是不是王献中投的，都要报案。

　　公安局来人后，首先讯问了王献中。

　　王献中坚决不承认。他说，是孔定玉故意要害他。没有证据是不能抓人的。公安局长孙豫东也来了，他来后要求立即对孔定玉的关系人进行摸排和搜查，看谁家有这种3911农药。

　　让大家都没有想到的是，却在孔敦礼家发现了半瓶3911。

　　把孔敦礼带到派出所后，很快他就招供了。投毒的动机很简单，就是看孔定玉比自己过得还好，还四处显摆，就想药死他的鸡和鸭，吓吓他们。

　　孔敦礼因年纪大，又有病。且动机并不是要毒死人，而是发泄一下心中的不平，最后被判了缓刑。

　　夏雨回忆着这件事，觉得有些害怕。

孙豫东作为公安局长说话是有权威的，如果他要坚持尸检，自己的尸体肯定是要解剖的。

文县长听过大家的发言后，最后决定，要征求一下夏雨妻子晓晴的意见。

电话打过去，晓晴坚持不能尸检。她哭着说，不能再让夏雨受罪了。

这时，夏雨才放下心来。

7

马得胜作为扶贫局长，反对把夏雨作为先进典型，理由是充分的。

齐家寺的扶贫表格多次出错，而且，夏雨还两次给他吵架，尤其是关于贫困户收入计算时，不按县里的规定，确实让马得胜伤透脑筋。

现在，马得胜阐述着自己反对的理由。

夏雨听得真切，不过，他对马得胜是理解的，他毕竟给马得胜带来了麻烦。但是，夏雨也不后悔自己的做法。他始终认为，扶贫这样的攻坚大战，形式主义真的是影响了效果和民心。他多次想，中央的本意肯定不是这样的，到了下面，为了确保自己少担责、不担责，搞留痕主义，一级一级层层加码。

不管怎么说，2020 年全面脱贫，实现建设小康社会目标，是一个天大的事，必须完成。但在这个过程中，基层干部确实承受了太大的压力。

夏雨去年听说临县一位干部，倒在一堆扶贫表格中，他当时不信，后来打电话问了一位熟人，对方告诉他确有此事。

那天，这位四十多岁的干部填表到凌晨一点多，突然趴在了桌子上。

同事扑上去，拼命地摇，"你醒醒啊！"他虚弱地微睁双目，吃力地说："这、这是贫困户花名表、家庭成员信息表、精准扶贫计划表、帮扶责任人信息表、入户调查表、建档立卡贫困户登记表、2014 脱贫工作台账表、2015 工作台账表、2016 工作台账表、2017 脱贫计划表、2014 调查表、2015 调查表、2016 预算表、脱贫计划表、脱贫时间表、社会救助表、劳动力培训表、惠农政策表、帮扶成效表、帮扶协议书、致贫原因表、贫困户发展意愿表、发展计划实施安排表、中长期帮扶计划表、精准帮扶手册、精准扶贫政策明白卡、结对帮扶责任书……还有，电、电子版，八点前要提交！"说完又陷入了昏迷。

由这件事的触动，夏雨反思了几天。最后，他决定去找马得胜，商量一下能不能合并或减少一些无用的表格。

见到马得胜后，他说，他感觉目前存在不良倾向：扶贫手段文件化，扶贫方式过场化，扶贫管理档案化，扶贫成效示范化；在精准识别、脱贫认定与档案管理中，存在着"自上而下"的贫困户指标分解，与地方识别不协调；贫困户识别和脱贫认定的尺度不统一，主观性强；"建档立卡"规范性欠缺，重视程度有待提升……

夏雨还要继续说下去时，马得胜打断了他的话。

马得胜说，夏雨同志，我郑重地提醒你，你是省里派来的干部，是第一书记，你的思想认识有问题！这都是上面安排下来的，你可以有不同想法，但你必须这样做！不这样做，出了问题你要负责的！

马得胜说完这段话，起身出门，把夏雨晾在了办公室里。

那天，夏雨真是气得不行，但他没有办法。气呼呼地回到村部。

刚到村部没有多久，孔定良老人和老伴就来到了村部。夏雨问他们二老，有什么事？孔定良老人，就说要退了贫困户，不让上面扶了。

都在争当贫困户，这两个老人却要退出贫困户，肯定是有原因的。夏雨给他们倒好水，慢慢地问起来。

老人家，咋不当贫困户了？人家都争着要进入贫困户呢！

孔定良老人说：俺是被这贫困户，整得天天睡不好觉。就说这明白卡吧，原来是一张纸，现在都一摞厚了，俺咋能整明白！

不明白就不明白吧，上面的补助，一分都不会少地给你打卡上！夏雨说。

我不要这钱，也不能害你啊！夏书记，你这孩子是多好的人啊，我咋能忍心害你呢？

你咋害我了？夏雨不明白地问。

老人说，这些明白卡太多了，上面来检查、询问，我答不上来。我答得驴唇不对马嘴，你就要受处理，这不害了你吗？再说了，这隔几天就让按手印、签字、背明白卡，我确实作难啊！

夏雨叹了口气，强装着笑脸劝他：老人家，不要怕，你记不住，他们也不会处理我的！

孔定良老人走后，夏雨坐在办公室里，一连抽了三支烟。

这形式主义不改，肯定是不行的，但怎么办呢？他想给省里写信，反映一下。但是，最终他还是决定不写。如果这信写了，一旦上面处理不好，不仅自己这几年的努力白费了，还会影响到县里的其他人。到啥山上唱啥歌，他觉得自己就变了，变得瞻前顾后了，甚至是堕落。

夏雨到来后，齐家寺的收入提升是很快的。

一是他不停地跑项目，争取政策支持；更重要的是，他有在审计厅的优势。他为村里争来了光伏项目，花茶加工厂落地后不仅村里有了收入，村民进厂务工也增加了收入。

马得胜与镇里商量，准备把齐家寺列入第一批出列村。

在这件事上，夏雨再次与马得胜产生了分歧。

分歧的关键点，就是村民收入的计算标准问题。稍有不慎，就可能酿成"脱贫错退"，如果追查起来，不仅对单位和个人要追责，更重要的是会对扶贫事业产生不良影响。

按照省里"1234+2"（ 1 是人均年收入达到规定标准，2 是吃、穿两不愁，3 是教育、医疗、住房三保障，4 是贫困村出列的标准要求——实现饮水、道路、用电、网络全覆盖；+2 是突出产业扶贫和防范返贫两个工作重点）的标准，齐家寺是基本可以的。

但是，群众最有争议的，就是人均年收入的计算。

按照上面的计算方法，农民人均纯收入是指，农村住户当年从各个来源得到的总收入，相应地扣除所发生的费用后的收入总和。打工的工资性收入，土地流转的租金收入，赡养费、抚养费、失业保险金、社会救济金、接受捐赠收入，这几项都好计算，最难计算的就是农户的经营性收入。

夏雨带领村里干部，逐户进行评估计算时，就出了问题。

贫困户马大民家养了4只羊、6只鸭、13只鸡。在计算收入时，马大民说，过年要宰一只羊、4只鸭、6只鸡，而且，养殖这些东西还要付出饲料等成本，这些如果不计入家庭收入，那就达不到标准。

跟贫困户算账的，是夏雨他们这些村干部。来检查的，是省扶贫办委派的第三方脱贫验收评估团队。由于时间和空间的关系，上级验收评估团队和基层干部之间，基本无法提前有效沟通。很可能导致基层干部的实际工作标准和评估团队的验收标准，出现偏差。

如果，基层干部计算标准与验收评估团队标准不一样，该户就会被认定为错退。贫困县能否脱贫的一项重要指标，是"错退率"。"错退率"超过相关标准，则不能脱贫，并要由所在省级扶贫领导小组组织整改。

夏雨不敢拿这事开玩笑，必须减少此类"错退"。

他提出计算收入时，要留出"提前量"，省定脱贫标准为年人均纯收入3500元，夏雨主张给贫困户计算收入账时，必须确定贫困户年人均纯收入达到4200元，否则不予办理脱贫。

在这件事上，夏雨与马得胜产生意见不一致的情况。马得胜坚持按 3500 元的标准，达到了就得出列。但夏雨坚决反对，他是担心这样极有可能会出现"错退"问题。

他跟马得胜说，数字是重要的参考，但也不能拘泥于数字。如果一个家庭多算一只羊就脱贫，不算就脱不了贫，这至少说明脱贫质量不高。

现在，夏雨理解了马得胜。

他是扶贫局长，屁股决定脑袋，脱贫出列的任务压在他肩上，他希望尽快出列是情有可原的。他也确实不容易，比每一个扶贫干部都难。向下要把任务压落实，向上要面对方方面面的检查、评估、暗访、互评。这三年，几乎没有一个休息日。不仅如此，他还多次受到县委批评，因一个贫困户与女儿吵架喝药自杀，他还受到了党内警告处分。

想到这些，夏雨真想告诉主持会议的文县长，不要再为自己请功了。如果自己被作为典型报道出去，要是有哪个媒体再盯着是喝酒而死的这件事，那马得胜以及县里的干部都会受到处理的。夏雨是希望，他们赶紧结束会议，就以意外死亡把自己处理完算了。

可是，此刻他们这些人已经听不到他的话了。

夏雨心里十分焦急。

8

凌晨四点，参会的人都累了，该说的也说了，都想尽快结束讨论。

文中山县长让人发言的时候，都表示没有可说的了。那意思很明显，就是让文县长定调子，调子一旦定下来，下面的工作才好开展。

当然，文中山也明白大家的意思。但是，他还是不能现在就表态，要达到与会人员思想完全统一后，他才能给书记汇报。书记定了，才能基本算定调，最终还要过县常委会。如果思想不能达到完全统一，县委会上就有可能出岔子。

见大家都不愿意再说什么，文中山就望着查计划说，查书记，你是纪委的，你要明确表态的！

查计划看了看众人，吸了两口烟，才一字一句地说，夏雨同志确实表现不错，但是，他毕竟是酒后死的。当然，喝酒也是为了工作，也不是倒在酒桌上。至于如何定性，我听县长你的！

他把这个球又踢给他文中山。

文中山心里明白，但又不好意思直说。查计划对夏雨是有意见的，原因是夏雨刚来不到三个月，就把查计划的妻侄女给开除了。

查计划这样说话，夏雨心里是生气的。

夏雨觉得，查计划作为纪委书记，不应该这么小气和记仇。村里处理柳莹，是有充分证据的。当时，如果不是他插手，柳莹就不仅是开除的事，肯定是要判刑的，至少要判缓刑。

柳莹利用自己上传材料的便利，用贫困户的身份证，编造三户危房改造计划，套取补助资金6万元；加上两张自建的贫困户卡，到问题暴露时，累计套取资金9万多元。她作为大学生村官，又是从县城过来的，而且，是查计划的亲戚，村里没有人怀疑她会做这种事。直到县财政局突击核查危房改造时，她的行径才被发现。

事情出来后，查计划从中活动，希望村里能承担起来。

但是，夏雨坚决不同意这样做。他这样坚持也是不得已的事，村里几个人正在四处上访、举报，反映村里扶贫问题。县委书记都批示了要查清楚，在这个时候必须坚持原则。当然，夏雨想到了会得罪一些人，不仅是查计划，而且，其他来说情的人也会记恨他。

作为审计厅下派来的干部，审计监察也是自己的职责。在这件事上如果真打了马虎眼，夏雨觉得不仅无法给村民交代，取信于村民，更重要的是违背了最基本的职业操守。

柳莹被处理后，夏雨决定利用村民刘振清，来弄清楚村里贫困户不准的问题。

老刘是 80 年代初的高中毕业生，曾经当过民办老师，后来因超生被取消民师岗位。他关心时事，懂政策，村里包保干部有时还没有他知道的多。这样一来，他在群众中就有威信，成为上级领导头痛的"带头大哥"，村里工作有他作梗，很难开展。了解这个情况后，夏雨主动到老刘家，与他谈心。他说，只要干部公正，村民就不会有任何意见。但是，现在村里确实不公正，群众当然不拥护。

通过几次交心的谈话，刘振清最后拿出一个小本子，上面记录着村里低保户和贫困户造假的情况。

最突出的有这样几种情况：不少低保户是村干部亲属、人情低保、选票低保、分户低保。刘振清说，在形式上，听说上报的贫困户村委会集体研究了，还经村民代表大会"顺利通过"，并进行了所谓"公示"，乍看并无漏洞。但是，村民代表多是村干部的亲属或者贫困户，这是问题的根子。

刘振清感慨地说：现在，这里干部哪有公心、公道，我们怎么能信服？贫困户有三分之一是假的，镇里也睁只眼闭着眼。我们也去县民政局、县纪委反映过情况，可谁也不理，现在，镇村领导比过去越发胆大了，吃低保、争当贫困户的现象越来越多了。

老刘最后说，其实，这件事很好解决，按照标准一户一户核对，然后公示，不就行了吗！

夏雨从刘振清那里得到这些信息后，他并没有在两委会上说这件事，而是利用走访的机会，到这些有问题的"低保户"家中实地查看。

通过查看，他觉得刘振清反映的问题基本属实，这些人家被作为低保户上报，其中肯定是有问题的。但是，直观感觉这背后还有隐情，按常规推理，村干部不敢这样明目张胆地报这么多假"低保户"。难道他们不怕上面核查吗？而且，这是非常容易核查出来的。

带着这个疑问，夏雨开始正面接触村书记王玉品。

王玉品很坦诚地说，这些低保户确实有问题，但这是历史问题。有些是村干部靠人情给他自己的亲戚或关系好的人，但是，不少是当时登记时随意写的。夏雨听他这样说，就有些不明白了，他希望王玉品能给他说清楚。

王玉品有些为难，但最终还是和盘托出了：第一次上面要贫困户名单时，还没有多少具体的资金和政策，村民都不愿意当贫困户，越穷越不愿意当贫困户，那时得不到啥好处，落个贫困的名都感觉丢人，有孩子的说媒都困难。当时，上面要得急，就把家庭条件特别差的和干部亲属好友填上了，这样也是为了好做这些人的工作。提供的数据基本上都是领会上面意图编造的，纸质资料和系统数据大多数与户内的实际情况不符！

夏雨又找村主任孔敦化了解。他说的情况，与王玉品说的基本一致。

他补充说，谁知道后来扶贫资金越来越多，政策越来越好，见到有好处了，一些真正贫困的人家就有意见了。现在，我们也想改过来，但县里、镇里又不让改，更改多了，就说明以前工作造假了。听说，这些人的资料都进省里、国务院的系统里了。

当时啊，村干是把自己的亲属、好友填多了，但那时是怕填其他人，他们会到村里来闹。更主要的原因是不知道扶贫会来真的，会有这么多实惠。没有实惠的事弄虚点好办，有实惠了，再虚假，老百姓就不愿意了！

夏雨觉得，王玉品和孔敦化说的确实是实情，但总不能就这样不解决吧。他认为应该立即召开两委会，直面这个问题。

两委会上，大家开始都不表态，也都不愿意承担责任。

夏雨就说，这不是哪个人的责任，关键我们得想办法解决。讨论来、讨论去，最终，大家说只有加快一些不真实的"低保户"出列速度，把真正的低保户补充进去。

这也不失为一个解决的办法。

　　夏雨首先想到的是给镇里沟通。镇书记司永久有些为难，他也知道全镇、全县甚至全省，可能都存在这种情况，但他不想揭盖子。如果盖子揭开了，可能村镇干部都要受处理。

　　一方面不能更正，群众有意见；另一方面，更紧迫的是一些真正的贫困户不能入列、得不到政策的帮扶。夏雨也陷入了两难境地。他没有想到这么好的政策，到下面竟被执行成这个样子。不深入基层真是不了解啊。

　　现在，一些村民看到的，就是谁能吃扶贫谁有本事、谁光荣，成为扶贫户是光荣的事，可以到处炫耀。不仅争当贫困户，还争当残疾人，争当癌症患者；有人随随便便去住院，回来就以癌症前兆的名义哭穷哭可怜，平时家里老母亲瘫痪在床几十年的都不管不问，现在都变成了大孝子非要让老母亲住院全面检查，争取查出个癌症。农村出现这种不以"贫"为耻，反以"贫"为荣的奇怪现象，真成了不好破解的难题。

　　夏雨为这事发愁了两个多月。

　　正不知从何入手的时候，市里突然来了一个政策：重新精准识别！

　　王玉品听到这政策后，心里的重负一下子落地了。他离六十岁还有半年时间，也早就不想干村书记了。他主动找到夏雨，说要借这次政策重新精准核算，把真正的贫困户给找出来，让原来错报的出列。为了减少阻力，他愿意提前辞职，这样工作就好进行了。

夏雨没想到王玉品有这个觉悟。这几个月来，平时没有看出王玉品有这么高的境界，关键时候他能做出这样的决定，确实体现了党性的自觉。

经过支委会研究，报请镇党委批准，王玉品辞去了村书记一职。同时，把刘振清等三位村民吸收到精准核算小组里来。

半个月的时间，村里清退了38个不符合标准的低保户，补充进来4个真正的贫困户、34个低保户。

接着，夏雨决定根据核算情况，把村里的公益岗，重新调整为由贫困户人员担任。村里设置了保安助理3名、党建员1名、护林员2名、保洁员10名、禁烧监督员4名、炊事员1名、塘管员1名，每人每月工资600元。

这样做，不仅解决了贫困户务工的问题，也增加了他们的收入，使他们直接达到保障标准。

你真心对群众，群众就真心对你。

夏雨看到，现在，村里最悲痛的就是这些贫困户。

9

人们还在讨论着，围绕夏雨因评估验收受戒免处分的事。

马得胜为那次"评估验收事件"担心，也是有道理的。

他说，夏雨同志确实为齐家寺脱贫出列做出了重大贡献，但毕竟那次死人事件给药城形象抹了黑，他也受了戒免处分。我真是担心，如果我们把夏雨定为先进典型，媒体肯定要来采访，谁能肯定那些记者不把这段旧事翻出来呢？如果出现了这个结果，那是不好收拾的。

如果按你这样说，把夏雨定个"喝酒至死"的反面典型，那件事就正好是他的罪证了，是吧？芮金波突然大声地反驳。

他作为镇长，知道那次事故的原委，他更理解基层工作的难度与复杂性。

听着他们的争论，夏雨的记忆又回到了前年那个冬天。

综合评估验收出列，不仅是对村镇级扶贫干部的一次大考，同时，也是对省、市、县各级官员的大考。2020 年全面打赢脱贫攻坚战，既然是战役就会有一场场战斗。每一个村、镇脱贫出列，才能保证县的脱贫摘帽；每一个县的脱贫摘帽，才能完成省的脱贫任务；全国各省都脱贫了，国家的脱贫攻坚战才算全面胜利！

这是一个太具体和太艰巨的任务了。事涉几千万人，牵动各级干部。

第三方评估组来的前一个月，省里就召开了专题电视电话会议。

省扶贫开发领导小组组长应得先，在会上强调脱贫评估的重要性：这是确保真脱贫、脱真贫的重要手段，是推动脱贫进程、提高脱贫实效的重要方法；是用监督、监测和评估、评价的全覆盖，取代过去抽样调查的片面与随机，真正做到"不漏一户、不少一人"，确保真扶贫、真脱贫；评估主要是保障结果真实，防止"假脱贫"、"数字脱贫"和"被脱贫"。

省里会议结束后，市长宣布此次评估的主要内容：

1.扶贫对象精准识别和动态管理情况；2.到村到户帮扶项目实施情况及成效；3.贫困户帮扶措施落实情况；4.到村到户扶贫资金使用情况及效益；5.贫困村产业发展及集体经济收入情况；6.贫困户收支及"两不愁、三保障"情况；7.贫困户对脱贫攻坚工作的满意度；8.脱贫攻坚档案管理情况；9.贫困村群众的满意度；10.贫困县"摘帽"情况；11.驻村扶贫工作队开展工作情况；12.扶贫资金使用管理情况。

夏雨当时只记下这十二项，其实，总共二十多项。后来，验收组查验他的工作记录台账时指出来，他知道记漏了。

这一项，虽然没有扣他的分，但也让他很没面子。

县里开专题布置会时，县委书记焦军首先讲话，约法三章。听得参会的人，都捏把汗。焦书记说：第三方评估期间，他们把问题当天上网，永远留下痕迹，一旦发现问题，必然倒查，谁出问题，就问谁的责；扶贫手册中存在的问题，各负其责，大家务必抓紧入户，按规范要求做好准备工作；在整个迎检过程中，全员高度警惕，时刻处于备战状态，"铁路警察"——各管一段，各扫"门前雪"，出了问题，就地问责，绝不姑息！

他最后强调：要坚决守住"不弄虚作假、不发生极端事件、不出现负面新闻"这三条底线，确保脱贫工作务实、脱贫过程扎实、脱贫结果真实。

接着，县长文中山又强调了九条具体工作：

一是查补台账问题：省里开展的重精准、补短板、促攻坚活动、脱贫攻坚大排查活动、督察巡查活动、贫困人口建档立卡动态管理，国家开展的建档立卡动态调整、交叉检查等都要有传达贯彻落实的记录台账，没有或者不全的要补缺补差，立即完善。

二是要熟悉基本情况：县区、乡镇、村主要负责和分管负责同志，都要做到一口清、问不倒、难不住；要记住人口数、贫困户数和贫困人口数、贫困发生率，享受教育、健康人数和产业扶贫政策、全年实施的帮扶项目、总投资、公共设施改善；给评估组汇报工作开展情况时，遵照扶持对象精准、项目安排精准、资金使用精准、措施到户精准、因村派人精准、脱贫效果精准的"六个精准"思路。

三是扶贫手册问题：扶贫手册是评估组入户检查的第一关，要再次逐一检查、核对，确保扶贫手册填写精准、规范、符合逻辑；扶贫手册填写出了问题，就是工作不认真、不扎实的表现，市委、市政府将严肃追责。

……

县里会议结束以后，夏雨立即在村部召开战前动员会，提出两点要求：

第一，大战在即，现已进入了总决战，这场总决战有四场战役要打：省第三方监测评估、各市互查、各省互查、国家验收评估。即将进入的第一场战役，我打个不恰当的比喻，这是一场不公平的战役，我们只有招架之式，没有还手之力，对方直指我们的任何地方，我们连说话的权利都没有。怎么打？要赢得胜利，只有使我们的阵地坚如磐石，使我们的队伍炼成铜墙铁壁。

　　第二，问题及时上报，留出处理问题的时间。各人要立即抵达自己的阵地，全面排查，不漏死角，能解决的问题及时解决，遇有突发事件或不能解决的，要立即上报。如卫生、食宿环境的整理、小家具的配备等，都可以先做。我们为贫困户打扫卫生很正常，是一种荣誉，是工作，不丢人，为贫困户打扫卫生，很受欢迎，他们感动，我们自己也感动，这也是一个共同成长的过程。希望大家把握住这种为人民服务的机会。

　　第三方评估是第一关，也是最难的一关。

　　评估人员是从各高校抽出的，每个评估小组由七人组成，一名教授任组长带队，再加六名表现好的在校研究生、本科生；他们采取不招呼、不陪同、不听解释的"三不方法"，直接入户。看表格、查走访的声像记录、调阅档案、计算收入。这些还都不算太难，最让扶贫包保人员头疼的，就是入户访问。一行七人，突然进入被查贫困户，边询问边录像照相，这阵势往往让被查者如临大敌。更何况，这些贫困户大多是老年人和残疾人，往往答非所问。

　　县里动员会之前，曾组织过模拟入户访谈。齐家寺就有四户，支支吾吾说不上来。当时，夏雨分析出现这种情况有两种可能：一是，贫困户有意见，对我们的工作不满意，不配合；二是，有的贫困户怕脱贫后享受不到政策了，评估组入户评估时，他们故意不配合，说假话。

开过动员会之后，夏雨立即要求村两委，两人一组入户——走访，彻底查明原因。

夏雨和周亮来到王山立家。

王山立是夏雨的包保户，他今年84岁，两个女儿已出嫁，老伴去世，他是2016年的脱贫户，但依然享受政策，这次也是被查的对象。他耳朵有点聋，平时跟他说话要喊着说，他才能听见。

喊了半天，王山立才把门打开。

一进小院，发现家里和前几次来没有太大区别。老人见到夏雨，就拉着他的手说：夏书记，你比上次又瘦了，可要当心身体啊。

夏雨说：老人家，你还知道我是夏书记啊？

他说：那咋不知道啊，你老来看我！

夏雨笑着问他：那上级来到你家问你时，你咋说不知道包保人是谁啊？

可能是村里干部批评过他，他突然就哭了，很委屈地说：知道啊，他问我时没听清，说什么工作队的事，我不懂，他们要问你，俺就知道了！

夏雨就笑着安慰他：没事，就是来看看你，他们说话你听不懂，不怪你，以后他们再来，你和他们慢慢说……

这时，夏雨给他点着了一支烟。这老人一直不肯断烟，而且一天要抽一包呢。

临走时，夏雨突然想起王山立的女儿取款后不给老人的事。他大声地问道：老人家，恁闺女上个月把钱给你送来吗？

王山立赶紧说：送了！送了！自从你批评她后，她再也不敢了。

夏雨这时才放心地离开。

让夏雨没有想到的是，在农村还会出现这种事情：一些老年贫困户主，不会使用手机和银行卡，或者因为身体原因不能亲自到银行领取补助款，银行卡大部分都在子女手里。不少不孝顺的子女，不把补助信息告诉老人，取款后不给或少给老人。这样一来，国家虽然给了那么多补助款，贫困老人依然生活艰苦。有的老人找到村部里，村干部出面向子女要回来。但是，这些老人回家后就会遭到子女的训斥，甚至责骂。

从王山立家出来，周亮对夏雨说：夏书记，看来第三方入户时，王爷爷不会有问题，他跟你感情这么深，肯定能记住的！

但是，让夏雨和所有人都想不到的是，三天后，王山立却在第三方入户访谈时猝死了。

那天上午九点，王山立刚起床还没有吃早饭，评估小组就进了他家院子。

进院后，为了防止干扰，组长葛教授就把院门关上了。

他们一行七人，一人举着摄像机、一人拿着照相机，径直走进堂屋里。

看见这一群穿得花花绿绿的年轻人这阵势，王山立紧张得浑身发抖。接着，评估小组就跟他要扶贫手册、明白卡等一系列资料，询问工作队走访情况、收入情况……

他本来耳朵就有点聋，根本听不清面前这些人说的是啥，他越紧张，面前的人越怀疑这里面有假，越问得更多。举着的摄像机向他靠近时，他心里猛地一紧，突然歪倒在地上……

这下，乱子出大了。

他的两个女儿，听说王山立被评估组吓死了，立即赶来，大哭大闹起来。

镇里、县里听到消息后，迅速启动应急机制。文中山县长和扶贫局、公安局、民政局、信访办、宣传部、网信办等一队人马，向齐家寺奔来。按照"不扩散、速化解"的原则，立即把现场封住，把王山立的两个女儿及家人控制在村部，一对一地做工作。

夜里八点多，包赔钱数终于谈妥。但大女儿还是坚持要求，按照这里的规矩，她父亲没有儿子，要评估组的人给王山立戴孝扶棺。

夏雨知道，王山立的大女儿之所以这样要求，就是因为她领取补助款不给老人，被夏雨狠狠地批评过。她这是故意在刁难他。

这让在场的人都为难了，得罪了评估组这可是全县的大事。何况，这根本是不可能的事。

这时，夏雨说，老人家是我的包保户，我给他当儿子，戴孝扶棺！

事情终于谈妥。当天夜里，夏雨戴孝扶棺，送王山立入了土。

夏雨回到住处的时候，天已经快亮了。

他从屋里找到一瓶酒，拧开，对着瓶，一口一口地喝了起来。

半年后，夏雨偶尔在朋友圈，看到参与评估的某教授感言，他无声地流着泪，把那段话抄在了自己的日记上。

评估组某教授感言

去年以来，接触了许多贫困户和乡镇干部，心里无尽酸楚。贫困户一次又一次接受来自各方的检查，一遍又一遍地表达自己的感恩，我不知道贫困户真实的感受是什么。

去年以来，看到乡、村干部日夜难眠地看着我所谓专家的脸色，猜着我的心思，诉说着自己的不易，把我奉为上宾，扪心自问，我够格吗？或许，我只是敷衍、只是应酬，当看到他们随着贫困户一起哭的时候，评估中的严苛要求是那么地冰冷。

去年以来，看到同学们匆忙的访问，扶贫干部是那么地紧张，深怕自己的付出被无视；见我们入户略带恳求的语气，他们是那么地无助；见到他们听我莫名其妙的所谓建议时，他们的眼神又是那么地无辜。

去年以来，相比他们，我带着挑剔、清高甚至狰狞的态度和表情去评估他们，我对农村所知甚少，我哪里有资格对他们指手画脚。

去年以来，我越来越觉得害怕，怕看到贫困户期待又敬畏的眼神，怕听到乡村干部们甚至放下自尊的祈求，怕想到过程中的点滴失误和责任。

去年以来，我多么希望荡去扶贫干部被检查时的紧张气息，希望农户忘记烦扰、不再有灾贫。

全国政协主席汪洋说，要让扶过贫的人，像战争年代打过仗的人一样自豪!

我深以为然。

抄完后，夏雨再一次把自己喝醉了。

10

凌晨五点。文中山县长给焦军书记通了电话。

他们的意见是一致的：夏雨同志在扶贫三年多来，坚持原则、敢于创新、一心为民、成绩突出、受民爱戴，是全县乃至全省党员的楷模！在脱贫攻坚的关键时期，必须充分发挥典型引领的作用，激励全县上下党员干部投身到脱贫攻坚这场伟大战役中去！

夏雨知道这个决定后，心里很不是滋味。

他想，自己来了，只干了别人都在干的事；现在走了，依然是一根鸿毛而不是泰山。在千千万万个扶贫干部中，自己只是做了应该做的事，不算英雄更算不上伟大。他感谢大家能记住他的这么多好，其实，每个人都在做，就是平凡人做平凡事。如果真给了他英雄典型的名分，他会感到很累的，并不是一个人死了，就能扛动名不副实的荣誉。

夏雨心里这么想，可他的话没有人能听到。

文中山给众人通报了焦书记的指示后，立即去另一间会议室。

他要接待夏雨的妻子晓晴，以及省审计厅赶来的副厅长和人事处长。

晓晴哽咽着。文中山的话她一句也听不进去。她现在就想立即见到夏雨。文中山跟省厅里来的崔厅长和杨处长汇报说：县里已经决定，给夏雨同志请功！

晓晴在众人的陪同下来到二楼。

夏雨虽然躺在床上，但他清醒得很，他对晓晴说：你来干什么？我不是好好的吗！别听他们瞎说，我怎么会死呢？

晓晴一步一步地走到夏雨床头，伸手扭住了他的耳朵，大声地说：夏雨，你哪里也不能去！你给我回来！

这时，村部里一片哭声。

晓晴被人搀扶着，走下二楼。

楼下院子里，跪满了男男女女的村民，他们齐声说：晓晴，让夏书记永远留下吧！齐家寺离不开他啊！

现在，夏雨知道自己可能永远离不开齐家寺了。

可他并不后悔。哪里黄土不埋人呢？在齐家寺，能与这么多知心知肺的村民们在一起，也是快乐的。他唯一担心的是，妻子和女儿毛毛会对他不理解，甚至埋怨他。

殡葬那天，齐家寺菊花如雪，挽幛如云。一千多名男女老少，伫立在黑色的大理石墓碑前，抽泣着、呜咽着。

　　晓晴哭着读着写给夏雨的信——

亲爱的雨：

　　你走了，就这么匆匆地走了，再也不能回来！

　　除了十六本工作日志和五本日记，一句话也没给毛毛俺娘俩留下。现在，当我翻看你熟悉的笔迹，回忆着以前的点点滴滴，热泪一串串地流下来。

　　我知道，由于你性格的耿直，说话不注意方式，在厅里并不是人人都喜欢你，你当了十二年副处都没有转正。当你报名下去的时候，有人说你是被挤下去的，有人说你想镀金，提拔得更快。但你离家的那天晚上，却郑重地告诉我说，你是农民的儿子，改革开放这些多年了，农村还有么多贫困人口。在机关待了几十年，想去农村干一番事业。我后悔了，那天真不应该跟你吵架、阻拦你、埋怨你，应该理解你，支持你。

　　后来，虽然我同意你去了，但没想到你干了三年又被村民们留下，这一留就永远没有回来！三年半，1247 天，你总共在家只有 88 天，女儿记着你在家只吃了 101 次饭；三个除夕，有两个是晚上八点才到家，去年除夕我和毛毛被接到齐家寺时，你已经喝得泪流满面。

这几年，每次打电话或见面，你说得最多的总是齐家寺扶贫、脱贫、困难户、留守儿童、招商、求人；你说"我出生在农村，知道农村的苦和农民的盼，得为父老乡亲们多做点事"；你常说"我是党员，面对党旗起过誓，就应该按誓词上做；你说得最多的就是"我是第一书记，书记就得有书记的样子"……

这几年，你几乎把所有热情、时间和精力都投入到了扶贫工作，你知道吗，面对你的冷落，我和毛毛有多难受，家里的老人有多担心。我以前一直埋怨你，作为丈夫你不能替我分担和给我温暖，作为父亲你不能陪伴女儿，作为儿子你总让父母为你担心！其实，我们真的不懂你，看到你日记里记下的对女儿、父母和我的愧疚，看到你在日记里多么希望一家人团团圆圆，看到你也想在家里热汤热水地过家常日子的渴望，夏雨，我对不起你，我错怪你了！请你原谅我吧！

其实，作为妻子，我怎会不心疼你，珍爱你呢！我俩同学四年，结婚二十年，相知相爱相亲，一天也不想与你分离。这些天，每想到你深夜给我打来的一次次电话，我的心都如刀割的一样：那天夜里陪人喝多了给我电话，说，晴啊，我多想喝口热茶啊！那次，你把挪用困难补贴的县领导的侄女开除时，你的担心和无奈；那次，因有人为报贫困户没有报上，夜里抹你门上屎；那次，因反对层层填表被县里批评；那次，你为死去的贫困户扶棺下葬；那次，母亲动手术你不能来医院的叹息；那次，你夜里胃疼，一个人开车去县城医院；那次，你为了争取扶贫支持，一连省里县里跑了半个月……你真的太苦了、太累了！

　　一页页、一本本翻看你的工作日志，我才知道你在农村工作这么多、这么累、这么麻烦！上面工作千条线，都要穿到你这一根针上，一次次填表、一次次的检查，一次次的评估，一次次的走访，一次次的会议，把你的时间挤得满满的，把你的黑发变成了灰白。可你也是幸福的，你在日志中记录着齐家寺每户的增收情况，记录着每一个村民思想进步的情况，记录着各级领导进村入户的情况，记录着社会各界对村里支持的情况。

你说，这几年，你一天比一天进步，境界一天比一天提高，你不再为老副处不能转正而烦恼。与村里的农民相比你感觉到自己的幸福，你说扶贫这三年多你的灵魂升华，找到了自己的存在感和价值。早知道我有你这么好的丈夫，我会多自豪啊，我就不会为生活中的困难抱怨你了！

可我万万没有想到，你就这样走了！

再有十几天就是我们二十周年的结婚纪念日了，说好的你要回来的，我们一家要好好地吃顿饭，照张合影。我和毛毛都盼半年了，可你说走就走了，而且把自己永远地留在了齐家寺。虽然，村民们天天去你坟前看你，陪你说话，可我心里怎么能够舍得你啊！去年，你再次被留下来的时候对我说过，再多的荣誉也没有意思，再苦再累也不怕，只要村民们心里有你！

夏雨，我的好丈夫！你就放心地走吧，我会照顾我们两家老人的，毛毛也懂事了，结婚纪念日那天，我一定会再次来到齐家寺、来到你的身边！

亲爱的，你放心地走吧，希望你到那边快快乐乐的，不要再牵挂家，家里有我呢！也不要再牵挂齐家寺了，村民的日子会一天比一天更好！

　　安息吧！我的夏雨！

夏雨觉得，这也许就是在做梦吧。

这是真的吗？

这时，村部的大喇叭突然响了起来。

张也奔放激越的歌声，响彻整个齐家寺的上空：

　　　我们世世代代，

　　　在这田野上生活，

　　　为她富裕，

　　　为她兴旺

　　　……